PANTERA NO PORÃO

AMÓS OZ

Pantera no porão

Tradução
Milton Lando
Isa Mara Lando

2ª edição

COMPANHIA DAS LETRAS

Copyright © 1995 by Amós Oz

Grafia atualizada segundo o Acordo Ortográfico da Língua Portuguesa de 1990, que entrou em vigor no Brasil em 2009.

Título original
Panther Bamartef (Panther in the Basement)

Capa
Raul Loureiro

Imagem de capa
© Dmitri Kessel/ The LIFE Picture Collection/ Getty Images

Preparação
Márcia Copola

Revisão
Larissa Lino Barbosa
Renato Potenza Rodrigues

Dados Internacionais de Catalogação na Publicação (CIP)
(Câmara Brasileira do Livro, SP, Brasil)

Oz, Amós, 1939-2018
Pantera no porão / Amós Oz ; tradução Milton Lando e Isa Mara Lando. — 2ª ed. — São Paulo : Companhia das Letras, 2019.

Título original: Panter Bamartef
ISBN 978-85-7164-912-5

1. Romance israelense I. Título.

99-2527 CDD-892.436

Índices para catálogo sistemático:
1. Romances : Século 20 : Literatura israelense   892.436
2. Século 20 : Romances : Literatura israelense   892.436

[2019]
Todos os direitos desta edição reservados à
EDITORA SCHWARCZ S.A.
Rua Bandeira Paulista, 702, cj. 32
04532-002 — São Paulo — SP
Telefone: (11) 3707-3500
www.companhiadasletras.com.br
www.blogdacompanhia.com.br
facebook.com/companhiadasletras
instagram.com/companhiadasletras
twitter.com/cialetras

Para Din, Nadav e Alon

Nota do editor

Os filmes mencionados no livro são fictícios. Títulos, enredos e elencos foram inventados pelo autor para lembrar os filmes populares de Hollywood que eram exibidos em Jerusalém no fim da década de 1940 e aos quais ele assistia quando criança no cinema do bairro.

1.

Muitas vezes na vida já fui chamado de traidor. A primeira foi quando eu tinha doze anos e três meses e morava num bairro nos arredores de Jerusalém. Foi nas férias de verão de 1947, menos de um ano antes da retirada do Exército britânico e da criação do Estado de Israel, nascido em meio à guerra.

Certa manhã apareceram estas palavras na parede de nossa casa, pintadas em grossas letras pretas logo abaixo da janela da cozinha: PRÓFI BOGUÊD SHAFÉL! — "Prófi é um traidor infame!".

A palavra *shafél*, "baixo, infame, desprezível", despertou uma pergunta que ainda hoje me interessa, agora que sento para escrever esta história: será que é possível alguém ser traidor sem ser infame? Se não é possível, por que será que Tchita Reznik (reconheci a caligrafia dele) se deu ao trabalho de acrescentar a palavra *infame* a "traidor"? E se é possível, em que circunstâncias a traição não é infame?

Eu tinha esse apelido de Prófi desde quando era bem pequeno. É diminutivo de *professor*, e me chamavam assim por causa da minha obsessão pelas palavras. (Continuo amando as palavras: gosto de colecionar palavras, organizar, embaralhar, inverter, combinar palavras. Mais ou menos como os que amam o dinheiro fazem com as notas e moedas, e os que gostam de jogar cartas fazem com as cartas.)

Às seis e meia da manhã meu pai saiu para pegar o jornal e viu as palavras pichadas embaixo da janela da cozinha. Durante o café da manhã, enquanto passava geleia de framboesa numa fatia de pão preto, de repente enfiou a faca quase até o cabo dentro do vidro de geleia e disse, com sua voz decidida:

"Muito bonito. Bela surpresa. E o que foi que Sua Alteza andou fazendo para merecermos essa honra?"

Minha mãe disse:

"Não comece a implicar com o menino desde cedo. Já chega que as outras crianças implicam com ele."

Meu pai estava de roupa cáqui, como a maioria dos homens do nosso bairro naquela época. Tinha os gestos e a voz de um homem convicto de estar com a razão. Raspando a framboesa grudenta do fundo do vidro e passando uma quantidade igual nas duas metades da fatia de pão, continuou:

"A verdade é que hoje em dia quase todo mundo usa essa palavra *traidor* a torto e a direito. Mas quem é um traidor? Sim, decididamente, é um homem sem honra. Um homem que em segredo, pelas costas, para conseguir alguma vantagem escusa, ajuda o inimigo a agir contra seu próprio povo. Ou a prejudicar sua própria família e seus amigos. É mais desprezível do que um assassino. Acabe seu ovo, por favor. Li no jornal que na Ásia tem gente morrendo de fome."

Minha mãe puxou meu prato e acabou com o ovo e o resto do meu pão com geleia, não porque estivesse com fome, mas em nome da paz. Falou então:

"Quem ama não trai."

Essas palavras minha mãe não dirigiu a mim nem a meu pai: a julgar pelo olhar dela, devia estar falando com um prego enfiado na parede da cozinha logo acima da geladeira, um prego sem nenhuma utilidade.

2.

Terminado o café da manhã, meus pais correram para pegar o ônibus e foram trabalhar. Fiquei em casa livre, com um oceano de tempo se estendendo diante de mim até a noite, pois estávamos nas férias de verão. Antes de mais nada tirei as coisas da mesa e guardei tudo no seu devido lugar, o que era da geladeira na geladeira, o que era dos armários nos armários e o que era da pia na pia, pois eu adorava poder ficar em casa o dia inteiro sem nada para fazer. Lavei os pratos e pus para secar no escorredor, virados para baixo. Depois percorri o apartamento fechando as janelas e as venezianas, para manter a casa fresca até a noite. O sol e a poeira do deserto poderiam estragar os livros do meu pai, livros que forravam as paredes e que incluíam alguns volumes raros. Li o jornal da manhã e o deixei dobrado numa ponta da mesa da cozinha. Guardei o broche de minha mãe na gaveta. Fiz tudo isso não como um traidor arrependido por sua baixeza, mas por amor à ordem. Até hoje tenho o hábito de percorrer a casa todo dia, de manhã e à noitinha, pondo tudo no seu devido lugar. Cinco minutos atrás, enquanto escrevia sobre fechar as janelas e as venezianas, parei um momento porque lembrei de fechar a porta do banheiro, que talvez preferisse continuar aberta — ou assim pareceu, pelos gemidos que deu quando a fechei.

Durante todo aquele verão minha mãe e meu pai saíam de casa às oito da manhã e voltavam às seis da tarde. O almoço ficava à minha espera na geladeira e meus dias se espraiavam, livres e desimpedidos, até onde a vista alcançava. Por exemplo, eu podia começar a fazer manobras no tapete com um pequeno destacamento de cinco ou dez soldados, ou pioneiros, ou agrimensores, ou operários que fossem abrindo estradas e construindo fortificações, e passo a passo poderíamos domar as forças da natureza, derrotar inimigos, conquistar vastos espaços, construir cidades e aldeias, e estender estradas unindo uma à outra.

Meu pai era revisor e uma espécie de assistente editorial de uma pequena editora. À noite costumava ficar acordado até duas ou três da manhã, rodeado pelas sombras da estante, com o corpo imerso nas trevas e apenas a cabeça grisalha flutuando no círculo de luz que vinha da lâmpada da sua escrivaninha, as costas curvadas como se estivesse escalando penosamente as íngremes montanhas de livros empilhados na escrivaninha, preenchendo fichas e papeizinhos com anotações para o seu grande livro sobre a história dos judeus na Polônia. Era um homem de princípios, muito intenso, profundamente comprometido com a ideia de justiça.

Minha mãe, por outro lado, gostava de erguer seu copo de chá meio vazio e contemplar através dele a luz azul da janela. E por vezes encostava o copo no rosto, para desfrutar o calor do chá. Era professora numa instituição para crianças imigrantes órfãs que tinham conseguido se esconder dos nazistas em mosteiros ou aldeias remotas da Europa e agora tinham chegado até nós, como dizia minha mãe, "vindas diretamente da escuridão do vale da sombra da morte". E logo se corrigia: "Elas vêm de lugares onde o homem é o lobo do homem. Até os refugiados. Até as crianças". Na minha imaginação eu associava essas aldeias remotas com horríveis imagens de homens-lobos, e com a escuridão do vale da sombra da morte. Eu gostava das palavras *escuridão* e *vale* porque imediatamente traziam a imagem de um vale envolto num manto escuro, um vale com mosteiros e catacumbas. E gostava de "sombra da morte" porque não compreendia. Se dizia baixinho "sombra da morte", quase podia ouvir uma espécie de som profundo e fantasmagórico como a reverberação da tecla mais grave do piano, um som que vem trazendo um rastro de ecos longínquos, como a dizer que uma desgraça sucedeu e agora não há mais nada a fazer.

Voltei para a cozinha. Tinha lido no jornal que estávamos vivendo uma época decisiva para o nosso destino e portanto devíamos mobilizar todas as forças da nossa alma. O jornal também dizia que as ações dos britânicos lançavam sobre nós uma pesada sombra, e que o Estado Judeu estava sendo chamado a resistir a essa prova.

Saí de casa e dei uma boa olhada ao redor, como mandavam as regras da nossa Resistência clandestina, para me certificar de que ninguém estava me vigiando: um desconhecido de óculos escuros, por exemplo, que poderia estar escondido atrás de um jornal, espreitando no umbral da porta, à sombra de um edifício no outro lado da rua. Porém, a rua parecia absorta em seus próprios afazeres. O homem da quitanda ia construindo uma muralha de caixotes vazios. O garoto que trabalhava no armazém dos irmãos Sinopsky vinha puxando um carrinho de mão que se arrastava rangendo, aos trancos. A velha sra. Fany Ostrowska, que não tinha filhos, varria a calçada em frente à sua porta, com certeza pela terceira vez naquela manhã. A dra. Magda Gryfius, que era médica e solteira, estava sentada na sua varanda preenchendo fichas: meu pai a incentivava a coletar material para as memórias que ela pretendia escrever sobre a vida judaica na sua cidade natal, que se chamava Rosenheim, na Baviera. O vendedor de querosene passava devagar em sua carroça, com as rédeas frouxas descansando no colo, tocando uma sineta de mão e cantando para o seu cavalo uma nostálgica canção em iídiche. Assim, parei ali na calçada e examinei de novo, atentamente, as negras palavras PRÓFI BOGUÊD SHAFÉL — "Prófi é um traidor infame", para o caso de haver algum pequenino detalhe que pudesse lançar uma nova luz. Ou por pressa ou por medo, a última letra da palavra *boguêd*, "traidor", tinha ficado mais parecida com um *r* do que com um *d*, fazendo-me assim não um BOGUÊD, um traidor, mas um BOGUÊR, um adulto. Aquela manhã eu daria de bom grado tudo o que possuía para ser adulto.

Assim, Tchita Reznik tinha feito um "balaám". O sr. Zerubavel Guihón, nosso professor de Bíblia e judaísmo, já nos havia explicado em classe:

"'Fazer um balaám': é quando uma maldição acaba sendo uma bênção. Por exemplo, quando o ministro britânico Ernest Bevin disse no Parlamento em Londres que os judeus são uma raça teimosa, ele fez um balaám."

O sr. Guihón tinha o hábito de temperar as aulas com piadinhas sem graça, e muitas vezes usava a esposa como alvo de suas zombarias. Por exemplo, quando quis ilustrar a passagem do Livro dos Reis que fala de chicotes e escorpiões, disse: "O escorpião é cem vezes pior do que o chicote. Eu atormento vocês com chicotes, e minha mulher me atormenta com escorpiões". Ou então: "Há um versículo que diz: 'É como o estalar dos espinhos debaixo de uma panela'. Eclesiastes, capítulo 7. É como a sra. Guihón quando resolve cantar".

Certa vez eu disse durante o jantar:

"O professor Guihón dificilmente passa um dia sem trair sua mulher na nossa classe."

Meu pai olhou para minha mãe e disse:

"Seu filho decididamente perdeu o juízo." Meu pai gostava da palavra *decididamente*. E também de *evidentemente*, e das expressões "com certeza" e "sem dúvida alguma".

Minha mãe disse:

"Em vez de insultar o menino, por que você não tenta perguntar o que ele está querendo dizer? Você nunca escuta de verdade esse menino, aliás nem a mim, nem a ninguém. A única coisa que você escuta, talvez, são as notícias do rádio."

"Tudo neste mundo", respondeu meu pai calmamente, recusando-se, por princípio, a ser arrastado para uma discussão, "tudo neste mundo tem pelo menos dois lados. Como é bem conhecido de todos, com exceção de alguns espíritos frenéticos."

Eu não sabia o que significa "espíritos frenéticos", mas sabia muito bem que não era hora de perguntar. Assim, deixei os dois ali olhando um para o outro calados, quase um minuto inteiro — por vezes pairava entre eles cada silêncio que parecia uma queda de braço —, e só então falei:

"Exceto a sombra."

Meu pai me lançou um de seus olhares desconfiados, deixando cair os óculos até a metade do nariz e levantando um pouco a cabeça, um desses olhares que fazem a gente lembrar o que aprendemos na aula de Bíblia: "Esperava que a parreira lhe desse uvas boas, mas só encontrou uvas-bravas", e por cima dos óculos seus olhos azuis brilharam para mim num olhar decepcionado, um olhar que mostrava franca desilusão comigo, com os jovens em geral e com o fracasso do sistema de educação, a quem ele confiara uma borboleta e agora lhe devolvia um idiota. Perguntou:

"Ora, mas que sombra é essa? De onde você tirou essa sombra?"

Minha mãe disse:

"Em vez de fazer ele ficar quieto, por que você não tenta

descobrir o que ele está tentando dizer? É claro que ele está querendo dizer alguma coisa."

E meu pai:

"Certo, sem dúvida. Pois muito bem. Então aonde é que quer chegar Sua Alteza? Que sombra misteriosa Vossa Excelência está se dignando mencionar? Será 'a sombra das montanhas'? Ou talvez: 'Assim como um servo anseia pela sombra' — será isso?"

Levantei-me para ir para a cama. Não lhe dei nenhuma explicação. Mesmo assim, fazendo mais que minha obrigação, falei:

"Exceto uma sombra, pai. Você disse agora mesmo que tudo no mundo tem pelo menos dois lados. E quase tinha razão. Mas você esqueceu que uma sombra, por exemplo, tem um lado só. Vá verificar sozinho, se não acredita. Pode até fazer umas experiências. Pois não foi você mesmo que me ensinou que não há regra sem exceção, e que nunca se deve generalizar? Você já se esqueceu completamente do que me ensinou."

E assim dizendo, pus os pratos na pia e fui para o quarto.

3.

Sentado na cadeira do meu pai, na sua escrivaninha, tirei da estante o dicionário grande e a enciclopédia, e tal como aprendera com ele, comecei a compilar uma lista de palavras numa ficha em branco.

Traidor. S. m.: vira-casaca, desertor, espião, renegado, informante, oportunista, camaleão, colaborador, delator, dedo-duro, sabotador, quinta-coluna, fuinha, agente estrangeiro, agente duplo, agente provocador. Brutus (*veja* Roma), Quisling (*veja* Noruega), Judas Iscariotes (*uso cristão*). *Adj.*: traidor, traiçoeiro, desleal, sorrateiro, infiel, pérfido, duas-caras. *Verbos*: trair, enganar, delatar, trair a confiança, ser falso, esfaquear pelas costas, manter relações com o inimigo, vender a alma ao diabo. *Expressões*: cobra na relva, lobo com pele de cordeiro. *Bíblia*: Confiar no traidor em tempos de angústia é como ter um dente quebrado (Provérbios 25,19).

Fechei o dicionário: calafrio. Essas palavras, que copiei numa ficha em branco de meu pai, me pareciam uma densa floresta com muitos caminhos à sombra da copa das árvores, caminhos que se juntam e se bifurcam, dos quais saem mais e mais caminhos que se perdem na floresta, engolidos pelas sombras, torcendo-se e retorcendo-se, juntando-se por um momento e de novo se separando, levando a esconderijos com cavernas, arbustos emaranhados, labirintos, desvãos, vales esquecidos, assombro e maravilhas. Que conexão existe entre traidor e desertor, informante e infiel, dedo-duro e vira-casaca, sabotador e quinta-coluna, lobo e fuinha? Que negros atos cometeram Brutus e Quisling? E mais: qual a conexão entre trilhos e trilhas, entre tortos, tortuosos e torturados? (Até hoje não posso abrir uma enciclopédia ou um dicionário quando estou trabalhando. Se abrir, é meio dia perdido.) E já não me importava mais saber o que eu era — traidor, briguento, garoto maluco; passei a manhã toda navegando nos vastos mares da enciclopédia, chegando até as tribos selvagens da Papua, pintadas para a guerra, atingindo estranhas crateras na superfície de estrelas incendiadas por um infernal fogo vulcânico, ou, ao contrário, congeladas e envoltas em eterna escuridão (será ali que espreita a sombra da morte?), aportando em ilhas perdidas, vagando por pântanos primitivos, encontrando canibais e eremitas, judeus de pele negra esquecidos desde os tempos da rainha de Sabá; e li também sobre os continentes, que estão se afastando um do outro à razão de meio milímetro por ano. (E até quando podem continuar se afastando? Decerto daqui a bilhões de anos, já que a Terra é redonda, eles vão se encontrar de novo lá do outro lado!) Depois procurei e encontrei Brutus e Quisling, e quis procurar Judas também, mas no meio do caminho parei nos anos-luz e eles me arrebataram com seus prazeres pungentes.

Ao meio-dia a fome me tirou das origens do universo e me levou para a cozinha. Sem me sentar, engoli a comida que minha mãe deixara para mim na geladeira: sopa, macarrão, um bolinho de carne. "Não se esqueça de esquentar tudo por alguns minutos no fogão, e lembre-se de desligar o fogo depois." Mas não esquentei nada: tinha pena de perder um só minuto. Estava com pressa de acabar e poder voltar logo para as galáxias em extinção. De repente percebi debaixo da porta um bilhete dobrado com a letra de Ben Hur:

"Aviso ao traidor infame. Hoje às seis e meia da tarde pontualmente apresentar-se no lugar costumeiro em Tel Arza a fim de enfrentar uma Corte Marsial por alta traição, ou seja, confraternisar com um membro das forças britânicas de ocupação. Assinado: Organização LOM, Alto Comando, Divisão Especial de Segurança Interna e Investigações. PS: Trazer suéter, cantil e sapatos fechados, pois o interrogatório pode durar a noite inteira."

Em primeiro lugar corrigi o bilhete a lápis: "marcial" e não "marsial", "confraternizar" com z e não com s. Depois decorei a mensagem, e segundo as ordens vigentes queimei o bilhete na cozinha, joguei as cinzas na privada e puxei a descarga, para não deixar nenhuma pista caso a polícia secreta britânica resolvesse dar busca de casa em casa. Depois sentei de novo na escrivaninha e tentei voltar para as galáxias e os anos-luz. Porém, as galáxias tinham se dispersado, e os anos-luz se esvaneciam. Assim, peguei outra ficha em branco de meu pai e anotei: "A situação é séria e preocupante". Escrevi também as palavras do hino: "Mas ficaremos de cabeça erguida". Depois rasguei a ficha e guardei o dicionário e a enciclopédia. Senti medo.

Que eu precisava superar imediatamente.

Mas como?

Resolvi olhar meus selos. Tanto Barbados como a Nova Caledônia estavam representadas na minha coleção por um único selo cada uma. Consegui localizar as duas no grande atlas alemão. Procurei um chocolate, mas não havia. No fim voltei para a cozinha e lambi duas colheres da geleia de framboesa do meu pai.

Nada ajudava. As coisas estavam péssimas.

4.

É assim que me lembro de Jerusalém naquele último verão do mandato britânico: uma cidade de pedra espalhada pelas encostas das colinas. Nem era propriamente uma cidade, mas vários bairros isolados, separados por campos repletos de pedras e arbustos espinhentos. Nas esquinas por vezes ficavam blindados britânicos, com suas vigias quase fechadas, como olhos ofuscados pela luz, e suas metralhadoras apontando para fora como dedos que diziam: "Você".

Ao nascer do dia os garotos saíam colando cartazes da Resistência nas paredes e nos postes. Nas tardes de sábado havia discussões no nosso quintal, com visitas e uma caravana de copos de chá escaldante e biscoitos que minha mãe fazia (e eu ajudava, imprimindo na massa as forminhas de estrelas e de flores). Durante essas discussões, as visitas e meus pais usavam palavras como: perseguição, extermínio, salvação, serviço secreto, tradição, imigração, cerco, demonstrações, Hadji Amin, extremistas, kibutzim, Livro Branco, Haganá, prudência, colonização, bandos atacantes, a consciência do mundo, tumultos, protestos, imigrantes clandestinos. Às vezes algum visitante ficava exaltado; com frequência era um dos mais quietos, um homem magrinho e pálido com um cigarro tremendo entre os dedos, a camisa abotoada até o queixo, os bolsos abarrotados de cadernetinhas e papeizinhos, que explodia de repente e gritava com raiva contida frases do tipo: "Judeus protegidos! Sim, mas foram como carneiros para o matadouro!", e depois acrescentava às pressas, como se tentasse corrigir a má impressão: "Mas nós não devemos, de maneira nenhuma, nos dividir, Deus nos livre, estamos todos no mesmo barco".

No topo do edifício havia uma pequena cobertura com uma lavanderia abandonada, com pia e luz elétrica; para lá se mudou o sr. Lázarus, um alfaiate vindo de Berlim. Era um homem baixinho, sempre com a cabeça balançando e os olhos piscando muito, e apesar do calor do verão estava sempre de paletó cinzento e por baixo um colete justo, abotoado de cima a baixo. Em volta do pescoço, como um rosário, tinha sempre uma fita métrica verde. Sua mulher e suas filhas, diziam, tinham sido assassinadas por Hitler. Como o sr. Lázarus conseguira se salvar? Corriam vários boatos. Cochichava-se isso e aquilo. Incertezas. Eu tinha uma dúvida: afinal, o que será que *eles* sabiam? Pois o próprio sr. Lázarus jamais disse sequer uma palavra sobre o que tinha acontecido lá. Ele pendurou no corredor de entrada do nosso prédio um pequeno cartaz, metade em alemão que eu não conseguia compreender e metade em hebraico, que minha mãe escreveu a seu pedido: "Exímio alfaiate de Berlim, especialista em ternos. Molde e confecção. Aceita-se todo tipo de encomendas. Reformas sob medida. Última moda. Preços módicos. Também a crédito". Depois de um ou dois dias alguém arrancou a metade escrita em alemão, pois aqui não iríamos tolerar a língua dos assassinos.

Meu pai achou no fundo do guarda-roupa um velho suéter de lã e me mandou subir à cobertura e pedir ao sr. Lázarus que fizesse a gentileza de trocar os botões e reforçar as costuras. "Não há dúvida que é só um trapo velho, talvez nem dê mais para vestir", disse meu pai, "mas parece que ele está com fome lá em cima, e a caridade ofende. Então vamos lhe mandar isto aqui. Deixe-o trocar os botões, ganhar um dinheirinho conosco. Sentir que aqui as pessoas lhe dão valor."

Minha mãe disse: "Certo, botões novos. Mas por que mandar o menino? Vá você mesmo, fale com ele, convide-o para vir aqui tomar um copo de chá".

"Sim, claro, claro", disse meu pai, e um instante depois acrescentou com decisão: "Sim, com certeza. Vamos convidá-lo, sem dúvida alguma."

O sr. Lázarus fechou um canto da cobertura com alguns estrados velhos, reforçados com arame, e assim fez uma espécie de cercado. Jogou pelo chão um pouco de palha tirada de um colchão velho, comprou meia dúzia de galinhas e pediu a minha mãe que acrescentasse em hebraico, na metade que sobrava do cartaz dele: "Vendem-se ovos frescos". Mas ele nunca vendia nenhuma das suas galinhas para ser abatida, nem mesmo na véspera dos dias festivos. Pelo contrário, diziam que o sr. Lázarus tinha dado um nome para cada galinha, e à noite se levantava e subia na laje para ver se elas estavam dormindo bem. Certo dia Tchita Reznik e eu nos escondemos no meio das caixas-d'água lá em cima e ouvimos o sr. Lázarus discutindo com as galinhas. Em alemão. Afirmava, insistia, argumentava, até cantarolava canções para elas. Às vezes eu levava lá para cima migalhas de pão amanhecido, ou um vidro de lentilhas rejeitadas que minha mãe me mandara escolher. E quando eu estava dando de comer às galinhas, às vezes o sr. Lázarus vinha e tocava de repente no meu ombro com a ponta dos dedos, e logo sacudia as mãos como se tivesse se queimado. Tínhamos muita gente assim, que conversava com o ar. Ou com alguém que não existia mais.

Lá na laje, atrás do galinheiro do sr. Lázarus, instalei um posto de observação de onde tinha uma vista excelente dos outros telhados; podia até mesmo ver ao longe um quartel do Exército britânico. Costumava ficar ali, escondido no meio das caixas--d'água, espionando a ordem-unida dos ingleses no início da noite, anotando os detalhes numa cadernetinha, e então fazia pontaria com um rifle de franco-atirador e os varria do mapa de uma vez só, com uma única rajada, precisa e econômica.

Do meu posto de observação lá na laje eu também via algumas aldeias árabes espalhadas pelas encostas das colinas ao longe, e ainda o monte das Oliveiras e o monte Scopus, por trás dos quais começava de repente o deserto; e bem longe, a sudeste, avistava a colina do Mau Conselho, onde ficava a Casa do Governo, a residência do alto comissário britânico. Naquele verão eu estava trabalhando nos últimos detalhes de um plano para tomá--la de assalto, partindo de três direções ao mesmo tempo; já tinha até preparado um resumo das coisas que iria dizer, sem hesitação, ao alto comissário britânico, quando ele fosse preso e estivesse sendo interrogado na minha trincheira, ali na laje da cobertura.

Certa vez eu me encontrava no meu posto de vigia inspecionando a janela de Ben Hur, pois desconfiava que ele estava sendo seguido, quando em vez de Ben Hur foi sua irmã mais velha, Yardena, que apareceu na janela. Ela parou no meio da sala, fez umas piruetas na ponta dos pés como uma bailarina, e de repente, desabotoando o robe, tirou-o e pôs um vestido. Entre o momento do robe e o momento do vestido algumas ilhas sombrias se destacaram contra sua pele branca, um par debaixo dos braços e uma estonteante ilha escura na parte inferior do ventre, porém de imediato foram engolidas pelo vestido, que caiu como uma cortina desde o pescoço até os joelhos, antes que eu tivesse tempo de ver aquilo que eu tinha visto, ou de me retirar do meu posto de vigia, ou mesmo de fechar os olhos. Eu os fecharia, com certeza, só que tudo aconteceu e terminou em um segundo. Naquele momento pensei: Agora vou morrer. Por causa disso mereço morrer.

Yardena tinha um noivo e um ex-noivo, e se dizia também que havia um caçador na Galileia e um poeta no monte Scopus, e ainda um admirador tímido que só ficava olhando para ela com tristeza e nunca tinha coragem de lhe dizer nada além de "Bom dia" ou "Que lindo dia!". No inverno eu dera dois poemas meus para Yardena ler, e depois de alguns dias ela disse: "Pelo jeito você ainda vai escrever muito". Essas palavras foram mais maravilhosas do que a maioria das outras que me vieram ao longo dos anos, porque de fato tenho escrito muito.

Naquela noite resolvi falar com ela corajosamente, ou pelo menos escrever a ela corajosamente, pedir desculpas e explicar que não tive a intenção de espiá-la e que, na verdade, não tinha visto nada. Mas não fiz nada disso, porque não sabia se Yardena notara que eu estava ali na cobertura. E se ela nem tivesse me visto? Sim ou não? Rezei pedindo que não, mas tinha esperança que sim.

Todos os bairros, aldeias, colinas e torres que eram visíveis do meu posto de observação eu conhecia de cor. No armazém dos irmãos Sinopsky, na fila do posto de saúde, na varanda da família Dortzion do outro lado da rua, diante da banca de jornais Shibolet, as pessoas paravam e discutiam sobre as fronteiras do futuro Estado Judeu, que seria criado depois da vitória. Com ou sem Jerusalém? Com ou sem a base naval britânica em Haifa? E o que dizer da Galileia? E o deserto? Alguns tinham a esperança de que os exércitos do mundo civilizado viriam assumir o lugar dos ingleses e nos protegeriam, não deixando que fôssemos trucidados pelos árabes sedentos de sangue. (Cada nação tinha um adjetivo fixo, como se fosse nome e sobrenome: a Inglaterra era a Pérfida Albion; havia a Sórdida Alemanha, a Longínqua China, a Rica

América, a Rússia Soviética. Lá embaixo, no litoral, ficava a Fervilhante Tel Aviv. Lá longe, nos vales da Galileia, se estendia a Laboriosa Terra de Israel. Os árabes eram chamados de "sedentos de sangue". Até o mundo tinha vários sobrenomes, dependendo da atmosfera e da situação: civilizado, livre, amplo, hipócrita. Muitas vezes as pessoas diziam: "O mundo que sabia de tudo e se calou". Às vezes diziam: "Desta vez o mundo não se calará".)

Enquanto isso, até que os britânicos se retirassem e o Estado Judeu finalmente fosse criado, o armazém e a quitanda abriam todos os dias às sete da manhã e fechavam às seis da tarde, antes do toque de recolher. Os vizinhos — a família Dortzion, a dra. Gryfius, nós mesmos, Ben Hur e seus pais — se reuniam na casa do dr. Buster, que tinha um rádio. Ouvíamos em pé, num silêncio lúgubre, as notícias da Voz de Jerusalém. Às vezes, depois que escurecia, ouvíamos bem baixinho a transmissão clandestina da Voz de Sião Combatente. Alguns ficavam um pouco mais depois do noticiário para ouvir os avisos de procura por parentes perdidos, caso mencionassem de repente algum membro da família que fora assassinado na Europa, e de repente — eis que conseguira sobreviver e chegar até a Terra de Israel, ou pelo menos a um dos campos de refugiados que os ingleses haviam estabelecido em Chipre.

Durante o programa de rádio havia um silêncio quase completo na sala, como uma cortina sendo movida pela brisa na escuridão. Porém, assim que o rádio silenciava, todos começavam a falar. Sem parar. O que tinha acontecido, o que ia acontecer, o que se pode fazer, o que poderia ou deveria ter sido feito, o que nos reservava o futuro: falavam como se tivessem medo de que algo terrível aconteceria se de repente surgisse um momento de silêncio. E se por acaso em algum momento, por cima dos ombros dos que conversavam e discutiam, viesse de repente espiar aquele silêncio esquálido, cinzento e frio, eles imediatamente o faziam calar.

Todo mundo lia os jornais, e quando terminavam de ler os trocavam: *Davar, Hamashkif, Hatsofé, Haaretz* passavam de mão em mão. E como os dias eram muito mais longos naquela época do que hoje, e cada jornal tinha apenas quatro páginas, à noite eles reliam tudo o que já haviam examinado minuciosamente pela manhã. Juntava-se um grupinho na calçada, em frente ao armazém dos irmãos Sinopsky, e as pessoas comparavam o que estava escrito no *Davar* a respeito da nossa força moral com o que o *Haaretz* tinha dito sobre a importância de manter o sangue-frio: será que havia algum detalhe crucial espreitando por entre as linhas que escapara na primeira leitura e também na segunda?

Além do sr. Lázarus havia outros refugiados no bairro, vindos da Polônia, Romênia, Alemanha, Hungria, Rússia. A maioria dos residentes não eram chamados de refugiados, tampouco de pioneiros ou cidadãos, e sim de "comunidade organizada", algo que se localizava mais ou menos no meio, abaixo dos pioneiros e acima dos refugiados, em oposição aos britânicos e aos árabes, mas também em oposição aos militantes da Resistência. Mas como saber a diferença? Quase todos eles, tanto pioneiros como refugiados e militantes, falavam rolando os *rr* guturalmente, exceto os orientais, que trinavam seus *rr* e falavam o *a* bem na garganta. Os pais tinham a esperança de que nós, crianças, nos tornássemos um novo tipo de judeus, melhorados, de ombros largos, guerreiros e lavradores da terra, e por isso nos entupiam de frutas e de fígado de galinha, assim quando chegasse a hora nós nos levantaríamos, valentes e bronzeados de sol, e não deixaríamos o inimigo nos levar mais uma vez como carneiros para o matadouro. Às vezes eles sentiam saudade dos lugares de onde tinham vindo: cantavam músicas em línguas que não conhecíamos e nos davam uma tradução aproximada, para que nós também soubéssemos que antigamente havia rios e campinas, florestas e gazelas, telhados de palha e sinos badalando em meio à névoa. Pois aqui em Jerusalém os terrenos baldios ficavam ressecados ao sol do verão, e as construções eram feitas de pedra e chapas de zinco. O sol causticava tudo como se a guerra já tivesse começado, e desde a manhã até a noite havia uma luz estonteante sempre brincando de perseguir a si mesma.

Às vezes alguém dizia: "O que vai ser de nós?" e alguma outra pessoa respondia: "Precisamos ter esperança, acreditar no melhor", ou então: "Temos que seguir em frente". De vez em quando minha mãe sentava uns cinco ou dez minutos inclinada sobre uma caixa de fotos e pequenas lembranças, e eu sabia que precisava fingir que não estava vendo. Os pais dela e sua irmã Tânia tinham sido assassinados por Hitler na Ucrânia, juntamente com todos os judeus que não conseguiram escapar de lá a tempo. Meu pai certa vez disse:

"A mente não consegue compreender. O coração não consegue acreditar. E o mundo inteiro se calou."

Ele também às vezes chorava por seus pais e suas irmãs, mas não com lágrimas: ficava parado durante cerca de meia hora, naquela postura angulosa, um tanto amarga, de um homem obstinado, convicto de ter razão, estudando em detalhes os mapas que pusera na parede do corredor. Como um general no seu quartel: só olhando sem dizer nada. Sua opinião era que nós deveríamos expulsar os ocupantes britânicos e fundar aqui um Estado Judeu, para onde pudessem vir todos os judeus perseguidos do mundo inteiro. "E esse país", dizia ele, "deve ser um modelo de justiça para o mundo todo: sim, até mesmo para os árabes, se eles decidirem ficar e viver aqui entre nós. Sim, apesar de tudo o que os árabes estão fazendo conosco, por culpa daqueles que os estão incitando, nós os trataremos com generosidade exemplar; mas, decididamente, não por fraqueza. Quando por fim for criado o

Estado Judeu livre, nenhum vilão do mundo jamais ousará novamente assassinar ou humilhar os judeus. E se ousar, nós o atacaremos e o golpearemos, pois quando chegar a hora teremos um braço longo, muito longo."

Quando estava na quarta ou quinta série da escola, copiei com todo o cuidado o mapa-múndi do atlas do meu pai, traçando as linhas a lápis sobre papel de seda, e assinalei o Estado Judeu que meu pai havia prometido: uma manchinha verde entre o deserto e o mar. Partindo dessa manchinha verde, desenhei um longo braço que atravessava mares e continentes, e no final do braço desenhei um punho que era capaz de alcançar qualquer lugar. Até o Alasca. Ainda mais além da Nova Zelândia.

"Mas o que foi que nós fizemos", perguntei certa vez no jantar, "para que todos nos odeiem tanto?"

Minha mãe disse:

"É porque nós sempre tivemos razão. Eles não podem nos perdoar o fato de que desde o início dos tempos nós nunca fizemos mal nem a uma mosca."

Pensei comigo mesmo: portanto, decididamente, não vale a pena ter razão.

E também: Isso explica a atitude de Ben Hur. Eu estou com a razão, e eu também não faço mal nem a uma mosca. Mas de agora em diante vai começar uma nova era: a era da pantera.

Meu pai disse:

"Essa é uma questão amarga, terrível. Na Polônia, por exemplo, eles nos odiavam porque nós éramos diferentes, porque éramos estrangeiros e parecíamos estranhos, porque falávamos, nos vestíamos e comíamos de uma maneira completamente oposta a todos os outros ao redor. Mas a vinte quilômetros dali, do outro lado da fronteira, na Alemanha, eles nos odiavam pelo motivo oposto: na Alemanha nós falávamos, comíamos, nos vestíamos e nos comportávamos exatamente como todo mundo. E assim, os antissemitas diziam: 'Veja como eles se insinuam entre nós! Sim, é verdade, não se pode mais dizer quem é judeu e quem não é!'. Esse é o nosso destino: as desculpas para o ódio mudam, mas o ódio continua eternamente. E qual é a conclusão?"

"Tentar não odiar", disse minha mãe.

Mas meu pai, com os olhos azuis piscando rapidamente atrás dos óculos, disse: "Nós não devemos ser fracos. Ser fraco é um pecado".

"Mas o que foi que nós fizemos?", perguntei. "Por que deixamos todos eles tão zangados?"

"Essa pergunta", disse meu pai, "você deve fazer não a nós, mas aos que nos perseguem. E agora, Sua Alteza, queira fazer a gentileza de pegar suas sandálias debaixo da cadeira e colocá-las no lugar certo. Não, não aí. E ali também não. No lugar certo, por favor."

À noite ouvíamos tiros e explosões à distância: era a Resistência saindo de suas bases secretas e atacando os centros do governo britânico. Às sete horas já tínhamos fechado as portas e as venezianas e nos trancado em casa até de manhã. Havia toque de recolher na cidade todas as noites. Uma brisa de verão soprava nas ruas desertas, corria pelas aleias e subia pelas sinuosas escadarias de pedra. Às vezes dávamos um pulo de susto ao ouvir a tampa de um latão de lixo sendo derrubada por algum gato vadio, lá no escuro de um beco. Jerusalém ficava à espera. Também na nossa casa o silêncio reinava durante a maior parte da noite. Meu pai sentava de costas para nós, separado de nós pelo anel de luz projetado pela lâmpada da sua escrivaninha, mergulhado nos seus livros e nas suas fichas, com a caneta-tinteiro arranhando no silêncio, parando, hesitando, depois raspando de novo, como se cavasse um túnel. Meu pai estava checando, comparando, talvez pinçando algum pequeno detalhe nas anotações que ia coletando para seu grande livro sobre a história dos judeus na Polônia.

Minha mãe sentava do outro lado da sala na sua cadeira de balanço, lendo, ou, com o livro aberto virado para baixo no colo, ouvindo atentamente algum som que eu não conseguia escutar. A seus pés no tapete, eu acabava de ler o jornal e começava a traçar o esquema de batalha para a operação relâmpago da Resistência destinada a tomar os pontos-chaves do governo em Jerusalém. Até mesmo nos meus sonhos eu derrotava inimigos, e continuei sonhando com guerras e combates por vários anos mais depois daquele verão.

A Organização LOM se compunha de apenas três combatentes. Ben Hur, comandante em chefe e também chefe da Divisão Especial de Segurança Interna e Investigações. Eu era o seu lugar-tenente. Tchita Reznik era soldado raso e forte candidato a uma promoção quando a organização se expandisse. Além de ser o segundo no comando, eu também era considerado o cérebro: fui eu que fundei a organização, quando as férias de verão começaram, e lhe dei seu nome, LOM (iniciais de Liberdade ou Morte). Minha ideia era juntar pregos, entortá-los e espalhá-los pela estrada que levava ao quartel, para furar os pneus dos ingleses. Eu também inventava os slogans que Tchita deveria pintar depois em grossas letras pretas nas paredes das casas vizinhas: "Pérfida Inglaterra, saia da nossa terra!"; "Com fogo, sangue e suor expulsaremos o dominador!"; "Pérfida Albion, saia de Sião!". (Aprendi com meu pai a expressão "Pérfida Albion".) Nosso plano para o verão era acabar de montar nosso foguete secreto. Numa cabana arruinada na margem do *wadi*, um riacho seco que passava atrás do quintal de Tchita, já tínhamos um motor elétrico tirado de uma geladeira velha, algumas peças de motocicleta, dezenas de metros de fios elétricos, fusíveis, uma bateria, lâmpadas e também seis vidrinhos de esmalte para unhas, dos quais planejávamos extrair acetona para fazer explosivos. No final do verão o foguete estaria terminado e seria apontado precisamente para a fachada do Palácio de Buckingham, onde morava o rei Jorge da Inglaterra; em seguida nós lhe mandaríamos uma carta firme e autoritária: "Vocês têm prazo até o próximo Iom Kipur para sair da nossa terra; do contrário, o nosso Dia do Juízo será para vocês o Dia do Juízo Final".

O que teriam os britânicos respondido a essa carta, se dispuséssemos de mais duas ou três semanas e tivéssemos conseguido terminar nosso foguete? Talvez teriam voltado ao seu juízo normal e se retirado de lá, assim poupando a si mesmos e a nós muito sangue e sofrimento. É difícil saber. Porém, no meio daquele verão meu relacionamento secreto com o sargento Dunlop foi descoberto. Eu esperava que nunca fosse descoberto e que durasse para sempre. Mas como foi descoberto, a frase apareceu pichada na nossa parede e recebi a ordem de comparecer aquela noite na orla do bosque Tel Arza para enfrentar uma corte marcial, acusado de alta traição.

O fato é que eu já sabia que aquele julgamento não faria nenhuma diferença. Nenhum argumento ou justificativa iria me ajudar. Como acontece em todos os movimentos clandestinos, em todo lugar e em todas as épocas, qualquer um que seja tachado de traidor é traidor, e ponto final. É inútil tentar se defender.

5.

Ben Hur era um garoto que lembrava uma raposa; era aloirado, magro, de feições atiladas e olhos meio amarelados. Eu não gostava dele. Na verdade, não éramos nem amigos. Havia entre nós outra coisa, muito mais próxima do que a amizade. Se Ben Hur tivesse me mandado, digamos, tirar toda a água do mar Morto e levar até a Galileia, balde por balde, eu teria obedecido, só para que, ao terminar, eu pudesse, talvez, ouvi-lo dizer pelo canto da boca, com sua voz arrastada: "Prófi, você é um sujeito legal". Ben Hur jogava as palavras como alguém que atira pedras numa lâmpada de rua. Mal abria a boca quando falava, como se não quisesse se dar ao trabalho. Às vezes pronunciava o *p* de Prófi como uma explosãozinha cheia de desdém.

A irmã de Ben Hur, Yardena, tocava clarinete. Certa vez ela limpou um machucado no meu joelho e fez um curativo, e fiquei com pena de não ter ferido o outro joelho também. Quando lhe agradeci, ela irrompeu numa risada sonora e se virou para um público não existente: "Vejam só, um garoto-concha!". Eu não sabia o que Yardena queria dizer com "garoto-concha", mas já sabia que algum dia saberia, e que quando soubesse, eu descobriria que sempre soube. Isso é complicado, e preciso tentar uma maneira mais simples de explicar. Talvez assim. Eu tinha uma espécie de sombra do conhecimento que às vezes chega bem antes do conhecimento em si. E era exatamente por causa dessa sombra de conhecimento que tive a sensação de ser um traidor infame e desprezível naquela noite na laje do teto, quando vi por acaso Yardena entre um vestido e outro, e aquilo que quase não vi me voltava toda hora: vezes e vezes sem conta, quase não vi. Eu ficava tão envergonhado que cada vez que isso acontecia eu sentia um arrepio, como a gente sente quando o giz arranha o quadro-negro, ou como o gosto ruim do sabão entre os dentes, que é o gosto que o traidor tem na boca no momento da traição, ou logo depois. Queria lhe escrever uma carta, explicar que não tive nenhuma intenção de espioná-la, e pedir desculpas. Mas como poderia fazer isso? E sobretudo porque daquele dia em diante, cada vez que eu voltava para o meu posto de observação na laje, era incapaz de não lembrar que a janela estava ali, do outro lado da rua, e que eu não deveria olhar naquela direção, nem sem querer, nem contra a minha vontade, nem de passagem, enquanto varria o horizonte com a vista, desde o monte Scopus até o monte Nebi Samuel.

A Ben Hur e a mim veio se colar Tchita Reznik, o garoto que tinha dois pais. (O primeiro estava sempre viajando e o segundo desaparecia de casa algumas horas antes de o primeiro chegar. Nós todos caçoávamos de Tchita, o chamávamos de Porta Giratória e assim por diante. E Tchita entrava na brincadeira, rindo da sua mãe e de seus dois pais, fazendo papel de bobo, imitando macaco, fazendo caretas e soltando gritos de chimpanzé que mais se pareciam com gemidos plangentes.) Tchita Reznik era o escravinho: era sempre ele que corria para buscar as bolas que voavam por cima da cerca e caíam no *wadi*. Era ele que carregava as mochilas de mantimentos quando partíamos em expedição ao Tibete para caçar o Abominável Homem das Neves. Ele pescava nos bolsos fósforos, molas, cadarços de sapato, um saca-rolhas, um canivete, qualquer coisa que a gente lhe pedisse ou que alguém precisasse. No final das grandes batalhas de tanques no tapete, era ele quem sempre ficava para trás para recolher as peças do dominó e do jogo de damas e guardá-las nos seus estojos.

Quase todas as manhãs, depois que meus pais tinham saído para o trabalho, armávamos grandes batalhas campais com tanques e blindados. Realizávamos manobras extensas, prontos para o dia em que os ingleses deixassem o país e nós tivéssemos que repelir um ataque coordenado de todos os exércitos árabes. Meu pai tinha uma prateleira inteira de livros de história militar. Com a ajuda desses livros e dos grandes mapas que cobriam a parede do corredor, reproduzíamos no tapete as batalhas mais árduas travadas em Dunquerque, nas Ardenas, em Kursk, Stalingrado, El-Alamein, aprendendo lições vitais para a nossa própria guerra, que já se aproximava.

Às oito da manhã, assim que a porta se fechava atrás de minha mãe e meu pai, eu depressa arrumava a cozinha, fechava as janelas e as venezianas para manter o apartamento fresco e evitar olhares intrometidos, e colocava as pecinhas no tapete, nas posições iniciais de uma batalha decisiva. Usava botões, palitos de fósforo, peças do dominó, do jogo de damas e do xadrez, alfinetes com bandeirinhas, e linhas de costura coloridas para demarcar as fronteiras e as frentes de batalha. Colocava todas as unidades de combate das diversas potências, em formação, nas suas posições iniciais. E esperava. Pouco antes das nove, Ben Hur e Tchita batiam na porta, primeiro duas batidinhas rápidas e firmes, e depois de uma pausa, uma batida mais leve. Eu os identificava pelo olho mágico e nós trocávamos a senha. Tchita, do lado de fora, perguntava: "Liberdade?". E eu, do lado de dentro, respondia: "Ou Morte!".

Às vezes, no meio de uma batalha, Ben Hur decretava uma pausa e nos liderava numa investida à geladeira. Eu gostava daquelas manhãs, e em especial daqueles raros momentos em que Ben Hur deixava escapar pelos lábios semicerrados as palavras: "Prófi, você é um sujeito legal".

Naquela época eu ainda não sabia que essas palavras só têm valor quando é você quem as diz para você mesmo. E com sinceridade.

Depois de passada uma quarta parte das férias, já tínhamos tirado certas deduções a respeito dos erros cometidos pelos generais Rommel e Zukov, Montgomery e George Patton, e sabíamos de que maneira nós mesmos evitaríamos esses erros quando chegasse a hora. Tirávamos da parede o grande mapa da Terra de Israel e arredores, púnhamos no tapete e praticávamos expulsar os ingleses e repelir o ataque conjunto dos exércitos árabes. Ben Hur era o comandante em chefe e eu o cérebro, o estrategista. Aliás, mesmo agora enquanto escrevo esta história, vejo diante de mim uma parede da minha casa toda coberta de mapas. Às vezes paro na frente deles, ponho os óculos (que não se parecem nada com aqueles óculos redondinhos do meu pai) e, conforme as notícias do rádio e dos jornais, acompanho no mapa os movimentos das tropas na Bósnia, por exemplo, ou a guerra da Armênia contra o Azerbaijão. Há sempre uma guerra acontecendo em algum lugar do mundo. Às vezes me parece, pelo mapa, que um dos exércitos cometeu um erro, ou deixou de perceber uma oportunidade de fazer uma investida de surpresa e atacar o inimigo pelos flancos.

Na metade do verão eu estava fazendo os planos para uma futura Marinha de guerra judaica, com destroyers, submarinos, fragatas e porta-aviões. Estudava a possibilidade de lançar um ataque relâmpago simultâneo a todas as bases navais britânicas no Mediterrâneo — em Porto Said, Famagusta, Malta, Marsa Matruh, Gibraltar. Menos em Haifa, pois obviamente eles já deviam estar atentos, à espera de alguma atividade por aqui. Será que havia outras bases britânicas na bacia do Mediterrâneo? Essa pergunta eu planejava fazer ao sargento Dunlop no nosso próximo encontro no Café Orient Palace. Poderia perguntar com uma curiosidade aparentemente inocente, o tipo de pergunta que se espera ouvir de uma criança interessada em geografia. Mas pensando melhor abandonei a ideia, com medo de que o simples ato de perguntar pudesse lhe despertar suspeitas e assim pôr em risco o elemento-surpresa, vital para o sucesso do nosso plano.

Melhor perguntar a meu pai.

Mas na verdade não havia necessidade de perguntar a ninguém. Eu era capaz de verificar sozinho. Podia relacionar as informações facilmente disponíveis na enciclopédia com outras informações também disponíveis nos mapas e no atlas. O cruzamento de diversas fontes pode levar a valiosas informações secretas. (Continuo acreditando nisso. Às vezes faço a alguém uma pergunta aparentemente inocente, como, por exemplo: Quais são suas paisagens favoritas? E mais tarde, depois de cerca de meia hora de conversa, pergunto casualmente: Quando você era criança, o que desejava ser quando crescesse? Comparo mentalmente as duas respostas, e compreendo.)

As guerras dessa Marinha judaica nunca aconteceram, nem haveriam de acontecer. Em vez disso eu devia agora enfrentar uma corte marcial, acusado de alta traição e de passar segredos ao inimigo.

Pensei comigo: Pode-se chamar até mesmo Robin Hood de traidor. Mas só uma alma muito mesquinha daria importância a esse aspecto de Robin Hood. Ainda que esse lado realmente exista. É um fato.

Mas o que é realmente a traição?

Sentei-me na cadeira do meu pai. Acendi a lâmpada da escrivaninha. Tirei da pilha uma ficha retangular. Escrevi algo assim: "Checar se existe alguma conexão entre a palavra *boguêd*, 'traidor', e a palavra *béguED*, 'roupa'. Cf. 'lobo vestido em pele de cordeiro'". Talvez porque o traidor encubra as coisas, assim como fazem as roupas. Ou porque as roupas sempre se rasgam de surpresa, quando a gente menos espera. Outra coisa: se você veste uma roupa quente, logo vem uma onda de calor — mas se você põe roupas leves, de repente começa a soprar um vento gélido. (Ainda que a traição neste caso seja, na verdade, do clima, não das roupas.) Nas aulas de Bíblia com o sr. Zerubavel Guihón estudamos um versículo de Jó: "Meus irmãos foram traiçoeiros como um rio". Não os pacíficos rios da Ucrânia, dos quais minha mãe falava como num sonho, mas os rios daqui da Terra de Israel: rios da traição. No auge do verão, quando você tem sede, eles te traem e em vez de água te dão pedras escaldantes, ao passo que no inverno, quando você caminha pela margem, de repente eles transbordam numa enchente traiçoeira. O profeta Jeremias lamenta: "Pois a casa de Israel me traiu". E o próprio Jeremias também foi chamado de traidor: eles o julgaram, o declararam culpado e o jogaram num poço.

Sempre que eu pensava na palavra *traidor* surgia em minha mente a imagem de um traidor com as mãos amarradas atrás das costas e os olhos baixos, aguardando o terrível castigo, sem a menor esperança de perdão.

Ao passo que o termo *baixo*, anotei em outra ficha, também significa "ignóbil", "infame", "vil". "Estar por baixo" também quer dizer "com o moral baixo", "tristonho" ou "deprimido". *Baixo* também pode significar "pobre coitado", ou "mesquinho", ou "alguém que é olhado de cima para baixo". Também no mar existe a "maré baixa" e a "maré alta". Sendo assim, será que *baixo* é o oposto de *orgulhoso?* Ou de *arrogante?* Ben Hur Tykucinsky é arrogante, mas também é mesquinho. (E o que dizer de mim? Que não tinha coragem de escrever para Yardena e lhe pedir desculpas por espiá-la?) Preciso perguntar ao sargento Dunlop como se diz em inglês "traidor infame", e se também em inglês existe uma conexão entre a traição e as roupas, e entre a baixeza e a mesquinharia.

Será que vou vê-lo de novo?

Ao me fazer essa pergunta fiquei com saudade dele. Naturalmente, nunca me esqueci nem por um momento que ele pertencia às forças inimigas. Mas não era um inimigo particular meu. E, contudo, era meu inimigo.

Não posso mais adiar. Vou falar agora sobre o sargento Dunlop e sobre o que houve entre nós. Embora ainda hesite.

6.

Costumávamos nos encontrar secretamente três ou quatro vezes por semana na sala dos fundos do Café Orient Palace. Apesar do nome, esse café na verdade não era nenhum palácio do Oriente, mas um barracão de zinco todo desconjuntado, coberto por uma densa trepadeira de maracujá, numa ruazinha logo a oeste do quartel britânico. No salão da frente havia uma mesa de bilhar recoberta de feltro verde, sempre rodeada por um grupo suarento de soldados e policiais ingleses, assim como alguns rapazes de Jerusalém com camisas bem passadas e gravatas elegantes, judeus, árabes, gregos, armênios, homens de anel de ouro e brilhantina no topete, assim como duas ou três moças flutuando em nuvens de perfume. Nunca me detinha nesse salão da frente: lembrava a mim mesmo que estava lá numa missão. Nunca olhava na direção da moça do bar. Todo mundo que falava com ela tentava fazê-la rir, e quase todo mundo conseguia. Tinha o costume de se inclinar para a frente como se estivesse fazendo uma reverência, cada vez que deslizava um copo de cerveja espumante para a frente do balcão, e ao fazer isso um vale profundo se descortinava no decote do seu vestido, e algumas pessoas poderiam achar difícil não ver, mas eu nunca lhe lançava sequer um olhar de relance.

Eu atravessava às pressas esse salão da frente, repleto de risadas e de fumaça, e entrava na sala dos fundos, que era mais silenciosa e tinha só quatro ou cinco mesas, cobertas por um oleado com estampas de flores e de ruínas gregas. Por vezes alguns rapazes ficavam ali jogando gamão, por vezes havia um ou dois casais, com a moça e o rapaz sentados bem juntos; mas ao contrário do que acontecia no salão da frente, aqui as pessoas falavam aos cochichos. Eu também nunca lançava nem um olhar para esses casais. Eu e o sargento Dunlop costumávamos sentar por uma hora, ou uma hora e meia, a uma mesa no canto, com vários livros abertos diante de nós: uma Bíblia em hebraico, um dicionário de bolso, um livro de textos fáceis em inglês. Hoje que mais de quarenta e cinco anos se passaram, e a Grã-Bretanha não é mais nossa inimiga, e o Estado Judeu já existe, agora que Ben Hur Tykucinsky se chama sr. Benny Takin e é dono de uma cadeia de hotéis, e Tchita Reznik ganha a vida montando aquecedores movidos a energia solar, e eu continuo perseguindo as palavras e pondo as coisas nos seus devidos lugares, agora posso escrever: não revelei nenhum segredo a Stephen Dunlop. Nem um único, nem um pequenino e mísero segredo. Nem sequer lhe disse o meu nome. Até o fim. A única coisa que fiz foi ler a Bíblia com ele em hebraico e lhe ensinar algumas palavras modernas que não estão na Bíblia, e em troca ele me ajudou a aprender os rudimentos do inglês. O sargento Dunlop era um homem perplexo, e segundo ele próprio, solitário. Era um homem grandalhão, de constituição robusta, o rosto rosado, lembrando uma esponja, um pouquinho mexeriqueiro, e se ruborizava com facilidade. Suas pernas, que apareciam abaixo das calças curtas, eram gorduchas e sem pelos, com dobrinhas como as pernas de um bebê que ainda não aprendeu a andar.

O sargento Dunlop trouxera consigo de Canterbury, sua cidade natal, uma espécie de hebraico que aprendera com o tio, pastor protestante. (O irmão dele, Jeremy Dunlop, também estava na Igreja: era missionário na Malásia.) Seu hebraico era mole como cartilagem sem ossos. Segundo ele, não tinha amigo nenhum. ("Também não tenho inimigos nem desafetos", acrescentou, sem que eu perguntasse.) Servia na polícia britânica em Jerusalém como contador e funcionário da tesouraria. Ocasionalmente, quando havia uma emergência, era enviado para montar guarda em alguma agência do governo durante metade da noite, ou verificar carteiras de identidade em algum posto de fiscalização numa estrada. Eu registrava todos esses detalhes na memória no momento em que saíam da sua boca. À noite, em casa, anotava tudo numa caderneta para enriquecer as informações armazenadas no quartel-general da Organização LOM. O sargento Dunlop gostava de espalhar pequenos mexericos sobre seus colegas e superiores: quem era pão-duro, quem era vaidoso, quem era bajulador, quem tinha mudado de colônia pós-barba, qual oficial do Serviço Secreto precisava usar xampu anticaspa. Todos esses detalhes o faziam dar risadinhas que o deixavam envergonhado, mas mesmo assim era difícil para ele interrompê-las. O major Bentley havia comprado uma pulseira de prata para a secretária do coronel Parker. A sra. Nolan tinha um novo cozinheiro. A sra. Sherwood saía da sala, irritada, cada vez que o capitão Bolder entrava.

Eu fazia hã-hã educadamente e gravava tudo na memória. E meu coração se esgueirava, descalço, na ponta dos pés, um mendigo em meio a duques e condes, os olhos arregalados de espanto, atravessando salões com pé-direito alto e painéis de mogno iluminados por candelabros, vendo o capitão Bolder entrar, orgulhoso, e a bela sra. Sherwood de imediato girar nos calcanhares e impetuosamente sair da sala.

Além da língua dos profetas, o sargento Dunlop também conhecia latim e um pouco de grego, e no seu tempo livre estava estudando sozinho o árabe literário ("para que os três filhos de Noé — Shem, Ham e Jafé — possam residir juntos no meu coração, tal como sucedia antes da divisão das línguas"). Ele pronunciava o nome Ham como a palavra inglesa *ham*, que significa "presunto", em vez de dizê-la com o som gutural do *h* hebraico, e ao notar que eu abafava o riso, disse: "Falo como consigo falar". Não pude evitar de confiar a ele que meu pai também sabia latim e grego, e outras línguas também. Depois lamentei ter contado e fiquei com vergonha de mim mesmo, porque não devemos, em nenhuma circunstância, comunicar a eles nem mesmo uma informação inocente como essa: é impossível saber que dedução poderiam tirar dela. Afinal, os britânicos também são capazes de cruzar um fato disponível com outro fato disponível, e deduzir algum segredo que podem explorar contra nós.

Agora devo explicar como o sargento Dunlop e eu nos conhecemos. Nós nos encontramos como inimigos. Perseguidor e perseguido. Policial e combatente da Resistência.

7.

Certo dia, num fim de tarde no início das férias de verão, saí sozinho para investigar e demarcar possíveis esconderijos nas cavernas que ficavam atrás do bairro de Sanedria. Numa dessas cavernas minha busca revelou um pequeno compartimento quase inteiramente bloqueado por um monte de terra e pedras. Uma exploração superficial trouxe à luz quatro cartuchos de balas de fuzil, e decidi que era meu dever continuar cavando. Quando escureceu e um frio como o toque dos dedos de um cadáver soprou sobre mim, vindo lá das profundezas da caverna, saí. A noite já havia caído. O toque de recolher esvaziara as ruas. Meu coração batia com força no peito, como se tentasse abrir, aos murros, um espacinho lá atrás para se esconder.

Resolvi me esgueirar até em casa passando pelos quintais. Desde o início da primavera, a LOM arquitetara uma rede de caminhos que passavam de quintal em quintal. Seguindo uma orientação que recebi de Ben Hur e transmiti, depois de elaborá-la e melhorá-la, como uma ordem para Tchita Reznik, Tchita fizera caminhos de tábuas, pedras, caixotes e cordas, unindo pontos estratégicos. Dessa forma podíamos passar por cima das cercas e dos muros, avançando ou recuando através do labirinto dos quintais e jardins.

De repente soou um único tiro não muito longe. Um tiro de verdade. Forte. Violento. Assustador.

Suando de medo, senti a camisa se colar à pele. O sangue pulsava em minhas têmporas e no pescoço como um tambor selvagem. Ofegante, aterrorizado, comecei a correr como um macaco, dobrado para a frente, pulando cercas e passando pelo meio dos arbustos, arranhando os joelhos, batendo com o ombro num muro de pedras, enganchando a barra do short numa cerca de arame, mas sem parar para desprendê-la: como um lagarto que abandona a cauda, me safei e saí livre, deixando nas unhas da cerca um farrapo de roupa e um pedaço de pele rasgada.

Eu acabava de deixar meu abrigo nos degraus da porta traseira do correio, com suas janelas escuras protegidas por grades, e estava pronto para atravessar correndo em diagonal a rua Zefanias, quando um feixe de luz de repente bateu em meus olhos, me cegando, e no mesmo instante alguma coisa mole, úmida e gelada como um sapo tocou em minhas costas e foi subindo pelo pescoço até me agarrar pelos cabelos. Fiquei paralisado, como uma lebre na fração de segundo antes de ser atacada pelas garras do predador. A mão que agarrava os meus cabelos não era pesada, mas grande e macia, como uma água-viva. Assim também a voz atrás daquela luz forte: não o costumeiro latido de lobo dos ingleses, mas uma única sílaba, mole como mingau: "Halt!" — Pare. E imediatamente, num hebraico escolar, mas com um sotaque inglês bastante arredondado: "Aonde vais?".

Era um policial britânico, meio mole e desajeitado. Em cada ombro reluzia uma plaqueta metálica com seu número de identificação. O quepe dele estava torto. Tanto ele como eu ofegávamos, roucos. Tanto o rosto dele como o meu estavam banhados de suor. Usava uma calça curta cáqui que lhe chegava até os joelhos e meias cáqui que subiam também até os joelhos. Entre a calça e a meia, os joelhos brancos reluziam na escuridão; pareciam rechonchudos e macios.

"Por favor, meu senhor", falei, na língua do inimigo. "*Please, kindly, sir,* me deixe ir para casa."

Ele respondeu, de novo em hebraico. Mas não no nosso hebraico. Disse algo assim:

"Que não se perca o mancebo nas trevas!"

Falou então que ia me levar até a porta da minha casa, e que eu deveria lhe mostrar o caminho.

Na verdade, eu estava proibido de fazer isso, pois nossa diretriz consistia em desobedecer a todas as ordens deles, e assim sabotar as engrenagens do governo britânico. Mas que alternativa eu tinha? Sua mão estava no meu ombro. Até aquela noite, eu nunca tinha posto as mãos num inglês, e nenhum inglês tinha posto as mãos em mim. Lia muito nos jornais sobre as mãos dos ingleses. Por exemplo: "Tirem as mãos dos nossos refugiados de guerra!". Ou: "Que seja cortada fora a mão arrogante que se levanta contra as nossas últimas esperanças!". Ou então: "Amaldiçoada seja a mão que aperta a mão dos nossos opressores!". Ou ainda: "Que desapareça para sempre *a mão gigantesca, firme e desdenhosa*", como nos versos da poetisa Rachel.

E aqui estava a mão do inimigo no meu ombro, e eis que não era firme nem desdenhosa, mas ao contrário, parecia feita de algodão. Senti vergonha, como se estivesse sendo tocado por uma garota. (Naquela época eu sustentava a opinião de que quando uma garota toca num garoto, isso fere a honra do garoto. Já um garoto tocar numa garota era um ato de heroísmo que só podia acontecer num sonho. Ou num filme. E se de fato acontecesse num sonho, era melhor a gente nem se lembrar.) Eu queria dizer ao inglês para tirar a mão da minha nuca, mas não sabia como. E nem tinha muita certeza se queria mesmo dizer isso, pois a rua estava vazia e sinistra e os prédios, muito escuros, com as venezianas fechadas, mais parecendo navios naufragados. O ar negro parecia espesso e repleto de sussurros ameaçadores. O gordo policial inglês ia iluminando o caminho com sua lanterna, e eu tinha a sensação de que o facho de luz na calçada à nossa frente oferecia alguma proteção contra o mal que espreitava na cidade vazia. Ele falou:

"Eis que sou o sr. Stephen Dunlop. Sou um inglês que de bom grado daria todas as riquezas da sua casa em troca da língua dos profetas, e cujo coração é prisioneiro do povo eleito."

"Tank you kindly, sir", falei, como tinha aprendido na escola, e imediatamente me envergonhei, mas também me alegrei ao pensar que ninguém jamais ficaria sabendo daquilo. Também senti um pouco de vergonha por não ter lembrado que se deve pronunciar a primeira sílaba de *thank you* com a ponta da língua espiando entre os dentes, para conseguir aquele som inglês especial que fica a meio caminho entre o *t* e o *s*. Para minha vergonha, saiu *tank you*, como na palavra *tank*, "tanque".

"Meu lar fica na cidade de Canterbury, meu coração, na cidade sagrada de Jerusalém, e que rápido se terminem meus dias em Jerusalém, para que eu possa levantar-me e voltar para a minha terra, assim como para cá vim."

Contra a minha consciência, contra os meus princípios, contra o meu bom senso, de repente simpatizei com ele. (Será que um policial inglês como este, que fica do nosso lado embora isso seja contra as ordens do seu rei, deve ser considerado traidor?) Nos três poemas que tinha escrito sobre os heróis do tempo do rei Davi e mostrado apenas a Yardena, eu também optara por usar uma linguagem exaltada. Na verdade ele teve muita sorte, aquele sargento, por ter apanhado a mim aquela noite na rua, e não Ben Hur ou Tchita: neles, aquele seu hebraico todo floreado

45

só teria provocado risos. Mesmo assim, uma voz sóbria e realista dentro de mim sussurrava: Ei, você, melhor ficar alerta. Não seja ingênuo. Como aprendemos com o sr. Zerubavel Guihón: "São prepotentes e falam palavras arrogantes, pois há sete abominações em seu coração". E também: "São cheios de malícia e artimanhas" (na verdade, o que são artimanhas?), e também, claro: "Suas mãos estão manchadas de sangue". E, naturalmente, havia a expressão invariável do meu pai, aquela dos slogans rimados que ele compunha em inglês para a Resistência: "a Pérfida Albion".

Tenho vergonha de escrever isto, mas mesmo assim vou escrever: eu poderia facilmente ter fugido. Poderia ter escapado da sua mão que me segurava, ter sumido como um raio e ter sido engolido por um quintal qualquer. O policial era desajeitado, distraído; até me fazia lembrar meu professor, o sr. Guihón: perplexo, mas bem-intencionado. Até mesmo a pequena subida da rua Zefanias o deixou sem fôlego. (Depois fiquei sabendo que ele sofria de asma.) Eu não só poderia ter escapado, mas se eu realmente fosse uma pantera no porão, poderia sem a menor dificuldade ter lhe arrancado a pistola, que em vez de estar pendurada no lugar certo, no quadril, dera a volta pelo cinto até o traseiro, onde ia balançando e dando uma leve palmada no sargento a cada passo, como uma porta que não foi bem fechada. Era meu claro dever agarrar a arma e fugir. Ou agarrá-la, apontá-la para ele bem no meio dos olhos (acho que ele era também míope), e gritar em inglês: "Hands up!", Mãos ao alto! Ou melhor ainda: "Don't move!", Não se mexa! (Gary Cooper, Clark Gable, Humphrey Bogart, qualquer um deles teria dominado sozinho, facilmente, cinquenta desses inimigos de algodão.) Mas em vez de dominá-lo e ganhar uma preciosa arma para a nossa nação, confesso que de repente lamentei que o caminho para casa não fosse um pouco mais longo. E ao mesmo tempo eu sentia que era uma vergonha me sentir assim, e que eu devia me envergonhar desse sentimento. E me envergonhei mesmo.

O sargento falou, com seu sotaque esponjoso:

"No livro do profeta Samuel está escrito: 'E o mancebo era muito jovem'. Por favor, não tema nenhum mal. Sou um estrangeiro que ama Israel."

Pesei suas palavras. Decidi que era meu dever dizer-lhe a simples e honesta verdade, em meu nome e em nome do povo. E assim falei, em inglês:

"*Don't angry on me, please, sir*. Somos inimigos, *enimies*, só até vocês nos devolverem a nossa terra."

E se ele me prendesse por dizer essas palavras ousadas? Não faz mal, pensei. Eles não me assustam com suas prisões, seus cadafalsos e suas forcas. Repassei mentalmente as regras que tínhamos aprendido com Ben Hur na reunião do nosso Alto Comando: quatro maneiras de suportar interrogatórios sob tortura.

No escuro, senti o sorriso do sargento Dunlop tocando meu rosto, como a língua babosa de um cão atrapalhado, mas bonachão:

"Que muito em breve possam todos os habitantes de Jerusalém desfrutar a tranquilidade. Que a paz habite dentro dos seus muros, e a prosperidade dentro dos seus palácios. Em inglês, meu jovem, dizemos *enemies*, não *enimies*. Será teu desejo que continuemos a ver o rosto um do outro, e que juntos aprendamos cada um o idioma de seu irmão? E como te chamas, meu jovem?"

Rápido como um raio, com a cabeça clara e fria, avaliei a situação de todos os ângulos. Aprendera com meu pai que num momento crucial um homem sensato deve situar todos os dados à sua disposição dentro de um quadro geral abrangente, distinguindo racionalmente entre aquilo que é possível e aquilo que é necessário fazer, e sempre pesar friamente as várias opções diante de si; só então ele deve escolher o mal menor. (Meu pai muitas vezes usava a palavra *racionalmente*, assim como *decididamente*, e a expressão "com certeza", e também "com sinceridade".) Naquele instante lembrei da noite em que os imigrantes clandestinos desembarcaram. Como os heróis da Resistência carregaram os sobreviventes nas costas, desde um navio encalhado num banco de areia. Como uma brigada inglesa inteira os cercou na praia. Como os heróis da Resistência destruíram seus documentos de identidade e se misturaram aos imigrantes, para que os ingleses não pudessem saber quem era residente e quem deveria ser expulso como imigrante ilegal. Como os ingleses cercaram a todos com rolos de arame farpado e os interrogaram um a um, nome, endereço, ocupação, e para todas as perguntas dos interrogadores, todos eles, tanto imigrantes como combatentes da Resistência, davam a mesma resposta orgulhosa: "Sou um judeu da Terra de Israel".

Naquele momento eu também decidi não revelar meu nome. Nem sob tortura. Contudo, por causa de considerações táticas, resolvi que naquela conjuntura era melhor fingir que não compreendera a pergunta. O sargento repetiu gentilmente:

"Se é esse o teu desejo, podemos nos ver de tempos em tempos no Café Orient Palace. É lá que passo minhas horas livres: da tua boca aprenderei o hebraico, e a ti compensarei com aulas de inglês. Meu nome é sr. Stephen Dunlop. E tu, meu jovem?"

"Prófi." E logo acrescentei, ousado: "Um judeu da Terra de Israel".

Que importância tinha? Prófi era apenas um apelido. Acho que foi no filme *O relâmpago*, com Olivia de Havilland e Humphrey Bogart. Bogart fora capturado pelo inimigo. Ferido, com a barba crescida, as roupas rasgadas e um fino fio de sangue lhe escorrendo do canto da boca, enfrentava seus interrogadores com um leve sorriso educado, porém zombeteiro. Suas maneiras frias expressavam um desprezo sutil que seus malvados captores não captaram nem poderiam captar.

Também o sargento Dunlop pode não ter compreendido por que eu disse: "Um judeu da Terra de Israel" em vez de lhe dizer meu nome. Mas não discutiu. Sua mão macia subiu das minhas costas até a nuca, deu-me duas palmadinhas, e pousou de novo no meu ombro. Raramente meu pai punha a mão no meu ombro. Quando fazia isso, seu propósito era dizer: Pense de novo, pese tudo racionalmente, sim, decididamente, e por gentileza mude de ideia. Ao passo que a mão do sargento Dunlop estava me dizendo, mais ou menos, que numa noite escura como aquela era melhor duas pessoas ficarem juntas, mesmo que fossem inimigas.

Meu pai costumava dizer sobre os britânicos: "Aqueles canalhas arrogantes, que se comportam em todo lugar como se fossem donos do mundo". Minha mãe certa vez disse: "Olha, no fim das contas, eles não passam de rapazes jovens, cheios de cerveja e de saudade. Com fome de mulheres e de férias". (Eu sabia e não sabia o que significava "fome de mulheres". Eu não achava que isso fosse um motivo para ter pena deles ou perdoá-los. E, decididamente, não era motivo para perdoar as mulheres. Bem ao contrário.)

Debaixo do poste de iluminação na esquina da rua Zefanias com a rua Amós, paramos para o policial recobrar o fôlego. Ele parou um pouco, abanando o rosto suado com o quepe. De repente pôs o quepe na minha cabeça, deu uma risadinha e o recolocou na sua cabeça. Por um momento ele parecia uma grande boneca de borracha inflada. Não parecia nem um pouco um canalha. E, contudo, não me esqueci que devia continuar a considerá-lo um canalha.

Ele disse:

"Eu estava um pouquinho curto de fôlego."

Imediatamente aproveitei a oportunidade para lhe dar o troco por ter corrigido meu inglês pouco antes. Falei:

"*Sir*, em hebraico não dizemos 'curto de fôlego', e sim 'sem fôlego'."

Tirando a mão do meu ombro, ele puxou do bolso um lenço xadrez e limpou o suor da testa. Era o momento perfeito para eu fugir. Ou para apanhar sua arma. Por que fiquei parado ali como um bobo, na noite vazia, na esquina das ruas Amós e Zefanias, esperando por ele, como se ele fosse um tio distraído que me mandaram acompanhar, caso ele esquecesse para onde estava indo? Por que tive um impulso naquele momento, quando o sargento estava um pouquinho "curto de fôlego", de correr para lhe trazer um copo d'água? Se a marca da traição é um gosto ruim na alma, ou a sensação dos dentes rangendo, como se mastigassem sabão ou casca de limão, ou como o giz raspando o quadro-negro, então naquele momento talvez eu tenha sido um pouco traidor. Embora não possa negar que havia também uma espécie de prazer secreto. Agora que escrevo esta história, e mais de quarenta e cinco anos já se passaram, e o Estado Judeu existe e já derrotou seus inimigos várias vezes, ainda sinto vontade de pular esse momento.

Por outro lado, recordo esse momento com saudade.

Já escrevi, tanto neste livro como em outros, que todas as coisas têm pelo menos dois lados (exceto a sombra). Lembro-me com espanto que naquele misterioso momento havia uma escuridão profunda ao nosso redor e uma pequena ilha de luz esmaecida e trêmula sob a lanterna do policial, e um vazio assustador, e muitas sombras inquietas. Mas o sargento Dunlop e eu não éramos sombras. E a minha não fuga não era a sombra de uma fuga, mas o ato de não fugir. E também o ato de não ter apanhado a arma. Naquele instante uma decisão se formou, como se um sino tocasse dentro de mim:

Sim, isso mesmo.
Sem dúvida.
Decididamente.
Eu aceitaria a sua sugestão.

Iria encontrá-lo no Orient Palace, e então, sob o pretexto de trocar aulas de inglês por aulas de hebraico, astuciosamente extrairia dele informações secretas, vitais e confidenciais, sobre a organização das tropas inimigas e as maquinações do odioso regime opressor. Fazendo isso eu seria muito mais útil à Resistência do que fugindo, ou mesmo roubando uma única pistola. Daqui para a frente, eu seria um espião. Um agente secreto disfarçado de garoto interessado na língua inglesa. A partir deste momento, eu passaria a agir como um jogador de xadrez.

8.

Parado na porta de casa, meu pai disse, no seu inglês lento, com seus *rr* russos que pareciam patins raspando o cimento áspero:

"Obrigado, sr. sargento, por nos trazer de volta nosso cordeirinho desgarrado. Estávamos começando a ficar preocupados. Principalmente minha mulher. Somos muito gratos."

"Pai", cochichei, "ele é legal. Ele gosta do nosso povo. Vamos dar um copo d'água para ele, e cuidado, porque ele entende hebraico."

Meu pai não escutou. Ou então decidiu não tomar conhecimento. Disse:

"E quanto a este malandrinho, não se preocupe, meu senhor, vamos acertar as contas com ele. Obrigado mais uma vez. E *goodbye*, ou shalom, paz, como nós, judeus, costumamos falar há milhares de anos, e ainda queremos dizer isso mesmo, apesar de tudo o que já passamos."

O sargento Dunlop respondeu em inglês, mas no meio mudou para hebraico:

"O jovem e eu viemos trocando ideias pelo caminho. É um jovem cativante e perspicaz. Que sua mão não pese sobre ele! Com sua permissão, também vou usar a palavra hebraica *shalom*. Paz! Paz para os que estão perto, e paz para os que estão longe." E de repente me ofereceu a mão gorducha, com a qual meu ombro já tinha se acostumado e que quase continuava querendo. E com uma piscadela, acrescentou num cochicho: "Orient Palace. Amanhã às seis".

"Até logo", falei. "Obrigado." E meu coração me repreendeu: Que vergonha, você, seu helenizante, lacaio, covarde, lambe-botas, infame, ora bolas, por que raios você está dizendo obrigado para ele? De repente uma onda de autoestima me inundou, algo parecido com o gole de conhaque que meu pai certa vez me deixou tomar, para que eu sarasse para sempre da vontade de tomar de novo aquilo. Tudo o que haviam me ensinado sobre as gerações de judeus pisoteados, e Humphrey Bogart, o altivo prisioneiro, tudo isso se entalou em minha garganta, e enfiei os punhos cerrados bem fundo nos bolsos. Deixei a mão do inimigo pairando no ar, surpresa, até que ele foi obrigado a se render e dispensar o aperto de mão, transformando-o num débil adeusinho desenxabido. Saiu, dando um aceno de cabeça, e considerei minha dignidade intacta. Sendo assim, por que eu sentia outra vez o gosto da traição na boca, como se tivesse mastigado sabão?

9.

Meu pai fechou a porta. Ainda parado no corredor, disse para minha mãe:

"Por favor, não se meta nisso."

E baixinho me perguntou:

"O que você tem a dizer?"

"Eu me atrasei. Desculpe. Começou o toque de recolher. Eu já estava voltando para casa quando esse policial me pegou."

"Você se atrasou. Por que se atrasou?"

"Me atrasei. Lamento muito."

"Eu também", disse meu pai com tristeza, e acrescentou: "Sim, sem dúvida. Também lamento muito."

Minha mãe disse:

"Houve um incidente em Haifa. Um garoto da sua idade não voltou para casa no toque de recolher. Os ingleses o apanharam, o acusaram de colar cartazes e o sentenciaram a quinze chicotadas. Dois dias depois seus pais o encontraram num hospital árabe, e as costas dele, nem quero descrever em que estado..."

Meu pai lhe disse:

"Quer me deixar terminar, por favor?"

E para mim, disse:

"Sim, de fato. Note bem, por obséquio: até o final desta semana você não vai sair do seu quarto, exceto para ir ao banheiro. Isso inclui fazer as refeições sozinho no quarto. Assim você vai ter bastante tempo livre para refletir honestamente sobre o que aconteceu, e também sobre o que poderia ter acontecido. Além disso, Sua Alteza terá que enfrentar um baque financeiro, pois sua mesada está congelada até 1º de setembro. Também o aquário e o passeio a Talpiot estão definitivamente excluídos do programa. Espere. Ainda não acabamos. Esta semana a hora de apagar a luz vai ser antecipada, das dez e quinze para as nove. Sua Alteza sem dúvida compreende a conexão: é para que Vossa Senhoria possa ponderar no escuro sobre os seus atos. Já foi comprovado que, decididamente, no escuro o homem racional faz um exame de consciência muito mais preciso do que com a luz acesa. É só isso. Sua Excelência queira, por gentileza, retirar-se ao seu quarto neste instante. Sim. Sem jantar." E para minha mãe: "Vou lhe pedir mais uma vez, não se meta nisso. É um assunto entre mim e ele".

10.

Depois que fui libertado do cárcere domiciliar, sugeri a Ben Hur que convocasse uma reunião do comando no quartel-general da LOM, nosso esconderijo no bosque Tel Arza. Sem entrar em detalhes, relatei que descobrira uma fonte vital de informações, e requisitei autorização para prosseguir numa missão de espionagem. Tchita Reznik disse:

"Ah-ah!"

Ben Hur lançou para Tchita um olhar penetrante com seus olhos amarelados, e não disse nem sim nem não, nem olhou para mim. Por fim, dirigiu-se às unhas das suas mãos:

"O Alto Comando deve ficar permanentemente informado."

Interpretei essas palavras como uma autorização específica para realizar a missão. Falei:

"Decididamente. Isto é, assim que houver informações para dar." E observei que até mesmo em *Pantera no porão* Tyrone Power recebeu carta-branca para desaparecer num nevoeiro e assumir identidades novas ou descartá-las, seguindo apenas o seu próprio discernimento. Tchita então disse:

"Isso mesmo. Ele se transformou em contrabandista de diamantes, depois em dono de circo."

"Circo", disse Ben Hur. "Isso serve direitinho para o Prófi. Quanto a pantera no porão, não sei, não."

Nunca imaginei que passaria a ser vigiado. Que a Divisão de Segurança Interna iria entrar em ação naquele mesmo dia: Ben Hur não gostava de não saber. Tinha uma sede insaciável. No seu rosto, nos seus gestos, na sua voz havia sempre um travo de sede. Por exemplo, quando jogávamos futebol (ele era meia-direita, eu era o comentarista), ficávamos espantados no intervalo ao ver como Ben Hur era capaz de engolir seis ou sete copos de refresco, um atrás do outro, depois sugar a água da torneira e ainda continuar com cara de sede. Sempre. Não tenho explicação para isso. Não faz muito tempo, dei de cara com ele no aeroporto, enquanto esperava por um voo da El-Al, e ele estava de terno escuro de executivo, sapatos de couro de crocodilo, uma elegante capa de chuva dobrada no braço e uma mala de viagem com detalhes cromados. Não se chamava mais Ben Hur Tykucinsky. Seu nome agora é sr. Benny Takin, e é proprietário de uma cadeia de hotéis; mas continua com cara de sede.

Sede do quê? Não há como saber.

Pode ser que as pessoas assim sejam condenadas a vagar a vida toda por algum deserto interno, com dunas amarelas ardentes, areias movediças, uma erma vastidão. Não há água capaz de saciá-las, nem rio capaz de inundá-las. Tal como em criança, até hoje sinto um certo fascínio por pessoas assim. Mas com o passar dos anos aprendi a tomar cuidado com elas. Ou melhor, nem tanto com elas, mas com o fascínio que elas despertam em mim.

11.

Aquela sexta-feira à tarde entrei furtivamente no Café Orient Palace. Como já disse, apesar do nome esse café não era nenhum palácio do Oriente, e sim um barracão feito de chapas, quase todo envolto num emaranhado de trepadeiras de maracujá. Não ficava nem mesmo em Jerusalém oriental; ficava na parte ocidental, num daqueles becos com velhas casas em estilo alemão, meio desconjuntadas, atrás da base militar inglesa, na direção de Romema. Essas casas misteriosas, de grossas paredes de pedra e telhado de telhas vermelhas, tinham janelas arqueadas, porões e sótãos, cisternas de água e jardins rodeados por altos muros de pedra, com árvores frondosas que filtravam uma luz delicada e surreal nos pátios, como se você acabasse de chegar às fronteiras de uma terra prometida cujos habitantes levavam uma vida tranquila, pacífica, uma terra prometida que só se pode enxergar de longe, sem nunca lá chegar.

A caminho do Orient Palace, fiz vários desvios através de quintais, passando por terrenos baldios e, por garantia, dei mais uma volta pelo sul, em torno da Escola Takemoni. De vez em quando, dava uma olhada rápida para trás, para ter certeza de que conseguira despistar quem quer que estivesse me perseguindo. Também queria fazer o caminho mais longo, porque nunca aceitei que a linha reta é o caminho mais curto. Pensei comigo: Linha reta: e daí?

Nos dias em que fiquei de castigo no escuro do meu quarto, usei a mente como meu pai havia exigido: reavaliei cada passo, certo ou errado, que dei naquela noite em que caí nas mãos do policial inglês. E cheguei a certas conclusões. Primeira, sem dúvida meus pais tinham razão quanto ao meu atraso: esse fora um risco desnecessário. Nenhum combatente da Resistência com um mínimo de bom senso entra em confronto direto com o inimigo, a menos que seja por sua própria iniciativa e com o objetivo de conseguir uma vantagem. Qualquer contato entre o inimigo e a Resistência que não for iniciado por esta última só pode trazer benefícios ao inimigo. E eu havia corrido um risco desnecessário ao ficar nas cavernas de Sanedria até depois do toque de recolher, por estar imerso nos meus sonhos. O verdadeiro combatente da Resistência deve convocar até mesmo seus sonhos, em sua missão de alcançar a vitória. Numa época em que o destino do nosso povo estava sendo selado, sonhar só por sonhar era um luxo que só as garotas, talvez, poderiam se permitir. Um combatente tem que estar sempre de sobreaviso; e em especial não sonhar com Yardena, que embora tivesse quase vinte anos, ainda tinha o hábito infantil de ajeitar a barra da saia depois de sentar-se, como se o joelho fosse um bebê que precisasse ser bem coberto — não tão pouco a ponto de sentir frio, nem tanto que lhe falte o ar. E tocava seu clarinete: era como se a música não viesse do instrumento, mas de dentro de Yardena, passando pelo clarinete apenas por um momento, para captar um pouco de doçura e melancolia, e o levasse, a você, para um lugar verdadeiro, tranquilo, um lugar onde não existe inimigo, não existe luta, e onde tudo está livre de vergonha, de traição e de pensamentos de traição. (Ou de pensamentos sobre os joelhos e a saia cor-de-rosa de Yardena.)

Basta, seu bobo.

E qual seria a relação entre saia e sair, entre clarinete, claridade e claraboia? ("Esse menino", disse Yardena, "puxou à mãe com esse negócio de jogos de palavras." E meu pai: "Assim falou Crátilus, um sábio da Antiguidade: 'Não se constrói uma muralha com palavras'".)

E imerso nesses pensamentos cheguei ao Orient Palace, com uma voz me implorando para girar nos calcanhares e voltar para casa antes de entrar numa tremenda encrenca, e outra voz caçoando de mim por ser medroso, e uma terceira, que não era bem uma voz, mas um verdadeiro alicate, me impelindo a entrar. Assim, fui me esgueirando para dentro do bar, evitando os jogadores de bilhar do salão da frente, e com a esperança de que eles não tivessem me notado, reprimindo a vontade que meus dedos tinham de acariciar por um momento o feltro verde da mesa de bilhar. (Até hoje para mim é difícil ver um feltro verde sem sentir uma enorme vontade de sentir sua maciez.) Dois soldados ingleses com boinas vermelhas, daqueles que chamávamos de papoulas, com suas metralhadoras *tommy gun* a tiracolo, cochichavam com a moça do bar, que ria, inclinando-se para lhes dar as canecas de cerveja espumante juntamente com uma boa espiada no seu decote; porém não dediquei a ela nem um olhar. Atravessei o bar em meio à fumaça e ao cheiro de cerveja e de mexericos, e cheguei são e salvo ao salão de trás. Nos fundos do salão, numa mesa redonda coberta por um oleado estampado de flores, avistei meu sargento. Ele não era bem como eu lembrava. Era mais esquisito, mais sério. Mais inglês. Estava inclinado sobre um livro; as grossas pernas cruzadas, o uniforme todo amarrotado e desarrumado. Usava um short cáqui bem largo que descia até os joelhos, e uma camisa ampla, bastante amassada (de um tom cáqui esverdeado, diferente do cáqui cor de areia de fabricação nacional que meu pai usava). Nos seus ombros reluziam as plaquetas metálicas com seu número de identificação, que eu havia memorizado na primeira noite: 4479. Um número fácil e agradável. Sua pistola escorregara de novo para o traseiro, como se tivesse sido engolida pelo espaço entre suas costas e o encosto da cadeira. Na mesa diante dele estava uma Bíblia aberta, um dicionário e um copo de refresco amarelado, de onde já havia fugido todo o gás. E ainda dois livros, um caderno, um lenço amarrotado e um saquinho de balas já aberto. Levantou a cabeça e deu um vago sorriso ao me ver. O rosto parecia frouxo, com excesso de pele, de uma coloração rósea meio amarelada, como sorvete de baunilha derretido. Seu quepe, aquele mesmo que naquela noite ele pusera por um momento na minha cabeça, descansava na beirada da mesa, parecendo autoritário e oficial, muito mais do que o próprio sargento Dunlop. Seu cabelo castanho era ralo, com uma risca bem reta no meio da cabeça, como traçada a régua, tal qual as linhas divisórias das águas que vínhamos estudando nas aulas de geografia. Pelo seu sorriso vago percebi que não se lembrava de mim.

"Olá, sargento Dunlop", falei em hebraico.

Ele continuou sorrindo, piscando um pouco.

"Sou eu, aquele do toque de recolher. O senhor me prendeu na rua, me acompanhou até em casa e me liberou. O senhor sugeriu trocarmos aulas de hebraico por aulas de inglês. Aqui estou."

O sargento Dunlop enrubesceu e disse:

"Oh! Ah."

Continuava não se lembrando de nada. Procurei lhe avivar a memória:

"'Que não se perca o mancebo nas trevas.' Não lembra? Mais ou menos uma semana atrás. *Enemies*, não *enimies*?"

"Oh! Ah, então és tu! Senta, por gentileza. E qual é o teu desejo agora?"

"O senhor sugeriu que nós poderíamos estudar juntos hebraico e inglês. Estou pronto."

"Oh! Então é isso. Prometeste e vieste. Bem-aventurado o que espera, e bem-aventurado o que chega."

E foi assim que nossas aulas começaram. No segundo encontro consenti que ele me oferecesse um copo de refresco, ainda que, por uma questão de princípio, não devêssemos aceitar absolutamente nada que viesse deles, nem um barbante, nem um cadarço de sapato. Mas pesei bem as coisas e cheguei à conclusão de que era meu dever ganhar a confiança dele e dispersar do seu coração qualquer suspeita, a fim de levá-lo a fornecer as informações de que necessitávamos. Foi essa a única razão por que me forcei a tomar alguns goles do refresco que ele me oferecia, e aceitei também alguns waffles.

Lemos juntos alguns capítulos do Livro de Samuel e do Livro dos Reis. Depois conversamos sobre eles em hebraico moderno, o qual o sargento Dunlop mal reconhecia. Palavras como *guindaste*, *lápis*, *camisa*, o enchiam de admiração, pois se originavam de palavras antigas. E eu aprendi com ele que o inglês possui um tempo verbal sem equivalente em hebraico, o presente contínuo, em que todos os verbos terminam com um som que parece o tilintar de vidro contra vidro: *ing*. De fato, o tilintar de vidro contra vidro me ajudou a compreender esse presente prolongado: eu imaginava um leve *clink* de duas taças, e junto com ele o distante ressoar desse presente contínuo, como o leve som de um sino distante que vai se afastando, ficando cada vez mais atenuado e mais mortiço, diluindo-se à distância com uma deliciosa continuidade que era agradável ouvir até o finzinho, sem tratar de mais nada enquanto aquele som continuava se dissipando, se diluindo, se esvanecendo, até desaparecer por completo.

Também essa maneira de ouvir com atenção bem poderia ser chamada pelo belo e correto nome de "presente contínuo".

Quando falei ao sargento Dunlop sobre o som do vidro que me ajudava a compreender o presente contínuo, ele tentou me elogiar, mas se atrapalhou e pronunciou algumas palavras em inglês que não compreendi. O que compreendi de súbito é que para ele, assim como para todos nós, era muito mais fácil expressar ideias e pensamentos do que sentimentos. Eu mesmo tive um sentimento naquele instante (uma mistura de afeto e vergonha), mas logo o abafei porque inimigo é inimigo, e porque eu não era nenhuma menina. (E então? E as meninas? O que elas têm que nos atrai tanto? Não como vidro contra vidro, mas como um raio de luz no vidro? E até quando será proibido? Até ficarmos adultos? Até que não haja mais nenhum inimigo?) Depois do terceiro ou quarto encontro começamos a nos cumprimentar com um aperto de mão, porque os espiões têm permissão para isso e porque eu tinha conseguido ensinar ao sargento Dunlop a diferença sutil entre a letra *alef* e a letra *ain*. Eu nunca tinha sido professor, e contudo ali estava o sargento me chamando de "esplêndido mestre". Fiquei satisfeito, mas mesmo assim falei: "O senhor está exagerando". (Tive que explicar a palavra hebraica *exagerar*, que ele não conhecia porque não consta da Bíblia. Embora exista um tipo de gafanhoto com um nome semelhante. Preciso checar se existe alguma conexão.)

Como professor o sargento Dunlop era paciente, ligeiramente distraído, mas quando trocávamos de papel ele se tornava um aluno atento, esforçado. Quando escrevia em hebraico concentrava-se tanto que a língua lhe saía pelo canto da boca, como a de um bebê. Certa vez ele murmurou: "Jesus Christ!", mas imediatamente se corrigiu, constrangido, e disse em hebraico: "Deus Todo-Poderoso!". No fim do quarto encontro tive uma razão especial para apertar sua mão, até calorosamente, porque consegui extrair dele uma informação preciosa:

"Ainda antes que se finde o verão", disse ele, "daqui partirei e voltarei à terra onde nasci, pois os dias da nossa *unit* em Jerusalém logo devem chegar ao fim." (*Unit*: destacamento militar. Eu sabia, mas fiquei calado.)

Tentei esconder minha excitação sob uma máscara de cortesia, e perguntei:

"E qual é a sua *unit*?"

"Polícia de Jerusalém. Ala Norte. Divisão 9. Em breve partirão os ingleses daqui. Estamos cansados. Eis que nossos dias nesta terra já se aproximam do seu término."

"Quando?"

"Talvez o tempo de um ciclo de vida."

Mas que sorte grande, pensei, que sorte dos céus que sou eu que estou aqui, e não Tchita ou Ben Hur, porque eles nunca iam entender que "o tempo de um ciclo de vida" significa exatamente "mais um ano". E assim teriam deixado de descobrir um segredo militar vital. Essa informação era meu dever transmitir com a rapidez do raio ao comando da LOM, e até mesmo à própria Resistência. (Mas como? Por intermédio do meu pai? Ou de Yardena?) Meu coração, na jaula do peito, se rejubilava como uma pantera no porão. Nunca na minha vida eu havia feito uma coisa tão maravilhosamente útil, e talvez nunca mais faria. E, contudo, quase no mesmo instante senti entre os dentes o gosto azedo, enjoativo e infame da baixa traição: um arrepio como o raspar do giz no quadro-negro.

"E o que acontecerá, sargento Dunlop, depois da retirada britânica?"

"Está tudo escrito nas Sagradas Escrituras: 'E disse o Senhor, eis que Eu defenderei esta cidade, para redimi-la. E por seus portões não passarão as hostes inimigas'. E mais: 'Eis que anciãos e anciãs caminharão pelas ruas de Jerusalém, e as crianças nelas brincarão despreocupadas em seus folguedos'."

Como eu poderia imaginar que por causa desses encontros eu já estava sob suspeita? Que a Divisão de Segurança Interna do Alto Comando da LOM acompanhava cada um dos meus movimentos? Nem a menor sombra de suspeita me passava pela cabeça. Convencera-me de que Ben Hur e Tchita estavam satisfeitos com a isca que eu havia lançado, até que certa manhã Tchita, sob as ordens de Ben Hur, pichou nas paredes da nossa casa, com grossa tinta preta, as palavras que mencionei no início desta história, e que é difícil repetir. E na hora do almoço encontrei um bilhete debaixo da porta: eu devia comparecer no bosque Tel Arza para ser interrogado e julgado como traidor. Eles me viam como uma faca enfiada nas costas, não como pantera no porão.

12.

À noite, depois de apagar minha luz de leitura, eu costumava ficar deitado no escuro, escutando. Lá fora, do outro lado da parede, havia um mundo vazio, sinistro. Até o nosso quintal tão familiar, com a romãzeira e ao pé dela a cidadezinha que eu construíra com caixas de fósforo, à noite não era nosso: pertencia ao toque de recolher e às forças do mal. De quintal em quintal, grupos de combatentes avançavam, rastejando na escuridão, em missões desesperadas. Patrulhas britânicas armadas com holofotes e cães rastreadores percorriam as ruas abandonadas. Espiões, detetives e traidores estavam imersos numa silenciosa guerra estratégica. Atirando suas redes. Planejando emboscadas astuciosas. Nas calçadas vazias caía a luminosidade fantasmagórica dos lampiões de rua, envoltos na névoa do verão. Além da nossa rua, além dos confins do nosso bairro, se espalhavam mais e mais ruas desertas, passagens, becos, escadarias, arcos, todos inundados por uma escuridão cheia de olhos, perfurada pelo latido dos cães. Até mesmo os prédios do outro lado da rua pareciam, naquelas noites de toque de recolher, separados de nós por um rio de profunda escuridão. Como se a família Dortzion, a sra. Ostrowska, a dra. Gryfius, Ben Hur e sua irmã Yardena estivessem todos do outro lado de uma cadeia de montanhas feitas de trevas. E além dessas montanhas de trevas ficava a banca de jornais Shibolet e o armazém dos irmãos Sinopsky, protegido por uma porta de aço trancada com dois cadeados. Eu sentia que podia apalpar com a ponta dos dedos a expressão "atrás dessas montanhas de trevas", como se fosse feita de um feltro espesso e negro. Lá em cima, a laje do sr. Lázarus estava banhada em escuridão, e as galinhas dormiam apinhadas no poleiro. Naquelas noites, todas as colinas que rodeiam Jerusalém eram montanhas de trevas. E o que havia por trás dessas montanhas? Aldeias feitas de pedra, aglomeradas em torno das mesquitas e seus minaretes. Vales vazios onde rondavam a raposa e o chacal, e por vezes uma ou outra hiena. Hordas sedentas de sangue. E ventos irados de almas penadas, mortos de eras passadas. Até hoje o eco dessas expressões em aramaico me enche de terror: *kedmat dana, sitra áhara, me-alma hã-deín.*

Bem desperto, todo encolhido, eu ficava deitado até que o silêncio se tornava tão carregado que nem ele próprio conseguia suportar, e começava a ser perfurado por tiros. Às vezes era uma distante salva de fogo perdido que vinha da direção do Wadi Juz ou de Issawya. Outras vezes uma rajada afiada como uma faca, talvez vinda dos lados de Sheik Djera. Ou uma metralhadora em staccato, vinda de Sanedria. Éramos nós? A verdadeira Resistência? Bravos rapazes, firmes como um punho cerrado, sinalizando um ao outro, de telhado em telhado, com suas fracas lanternas de bolso? Por vezes, depois da meia-noite, uma sucessão de pesadas explosões vinha do sul da cidade, dos lados da colônia alemã, ou, mais longe ainda, do vale de Hinom ou de Abu Tor, ou da base militar Allenby ou das colinas de Mar Elias, no caminho para Belém. Um ronco surdo rolava por baixo do asfalto das estradas e dos alicerces dos edifícios, fazendo tremer as vidraças nas janelas e subindo do assoalho do quarto até minha cama, provocando um calafrio gelado em mim.

O único telefone da vizinhança ficava na farmácia. Às vezes, tarde da noite, eu julgava ouvir repetidos toques vindos de três ruas mais adiante, pedindo e implorando, ali onde não havia vivalma. E o rádio mais próximo ficava no apartamento do dr. Buster, seis prédios mais além na direção leste. De nada saberíamos até o romper da aurora. Nem mesmo se os britânicos resolvessem sumir de Jerusalém na ponta dos pés e nos deixar sozinhos, rodeados por uma multidão de árabes. Nem mesmo se hordas de saqueadores armados forçassem sua entrada na cidade. Nem mesmo se a Resistência tomasse de ataque a sede do alto comissariado britânico.

Através da outra parede, a do quarto dos meus pais, eu só ouvia silêncio. Minha mãe talvez estivesse lendo, de camisola, ou escrevendo uma lista de compras para o orfanato onde trabalhava. Meu pai continuava sentado até uma hora da manhã, às vezes duas, as costas curvadas, a cabeça delineada por um halo de luz da lâmpada da sua escrivaninha, concentrado em preencher fichas com as informações necessárias para seu livro sobre a história dos judeus na Polônia. Às vezes fazia uma anotação a lápis na margem de um livro: "As provas são inconclusivas", ou: "Isso pode ser interpretado de outra maneira", ou ainda: "Decididamente, aqui o autor está enganado". Às vezes inclinava sua cabeça cansada de homem justo, e dizia baixinho para algum volume numa das prateleiras: "Também este verão passará. Chegará o inverno. E não será fácil". Minha mãe respondia: "Por favor, não me diga isso". Meu pai: "Tome um copo de chá e vá dormir. Você está muito cansada". Havia uma hesitação na sua voz, a suavidade da meia-noite. Durante o dia ele em geral falava como um juiz proferindo a sentença.

Certo dia ocorreu um pequeno milagre: uma das galinhas

do sr. Lázarus botou alguns ovos e chocou-os, até que deles saíram cinco pintinhos que não paravam de piar. Ainda que nós nunca tivéssemos visto um galo. Minha mãe fez um comentário em tom de brincadeira, mas meu pai a censurou:
"Pare. O menino está ouvindo."
O sr. Lázarus se recusou a vender os pintinhos. Deu um nome para cada um. Passava o dia inteiro zanzando pela laje ensolarada, com uma expressão permanente de leve surpresa, sempre com seu colete justo e a fita métrica em volta do pescoço. Só raramente tinha o que cortar e costurar. A maior parte do tempo ficava discutindo em alemão com suas galinhas, gritava com os pintinhos e depois os perdoava, espalhava sementes, cantava canções de ninar, trocava a serragem, ou se inclinava para pegar algum pintinho e o ninava no colo como um bebê.
Meu pai disse:
"Se por acaso sobrou um pedaço de pão, ou uma tigela de sopa..."
E minha mãe:
"Já mandei. O menino levou, e também um pouco de mingau de aveia. E para não ofendê-lo, vamos continuar dizendo que é para as galinhas. Mas o que vai ser dele no futuro?"
A isso meu pai respondeu:
"Precisamos fazer o que está ao nosso alcance, e ter esperança."
Minha mãe disse:
"Lá vem você de novo falando igual ao rádio. Chega. O menino está ouvindo."
Todas as noites nós três sentávamos na cozinha, depois do jantar, no início do toque de recolher, e jogávamos Banco Imobiliário. Minha mãe segurava nas mãos um copo de chá, absorvendo seu calor embora fosse verão. Também classificávamos os selos e os colávamos no álbum. Meu pai gostava de contar fatos diversos a respeito de cada país por onde passávamos ao colar os selos.

Minha mãe punha os selos na água para descolá-los do envelope. Depois de vinte minutos eu pescava os selos soltos na bacia e os punha para secar numa folha de papel mata-borrão. Os selos ficavam ali enfileirados de rosto para baixo, como as fotos dos prisioneiros de guerra italianos capturados pelo marechal Montgomery nas batalhas do deserto ocidental: sentados em fileiras na areia escaldante, as mãos amarradas atrás das costas, o rosto escondido entre os joelhos.

Meu pai então identificava os selos já secos, com a ajuda do grosso catálogo inglês que tinha na capa o desenho ampliado de um selo com um cisne negro, o selo mais valioso do mundo, apesar de seu valor nominal ser de apenas um *penny*. Com a mão espalmada eu passava ao meu pai as cantoneiras transparentes, os olhos fixos nos lábios dele. Meu pai falava sobre alguns países com um desprezo cortês; outros mereciam seu respeito. Falava sobre a população, a economia, as principais cidades, os recursos naturais, as antiguidades, o regime político, os tesouros artísticos. Sempre falava mais especialmente sobre os grandes pintores, músicos e poetas, os quais, segundo ele, eram quase todos judeus, ou descendentes de judeus, ou pelo menos meio judeus. Às vezes ele me tocava na cabeça ou nas costas, tateando dentro de si em busca de algum afeto sufocado, e de repente dizia:

"Amanhã vamos à papelaria Shibolet. Vou comprar para você um estojo de lápis. Ou quem sabe você não escolhe alguma outra coisa. Um presente. Você não está muito feliz."

Certa vez ele disse:

"Vou lhe contar uma coisa, um segredo que nunca contei para ninguém. Por favor, que isto fique só entre nós dois. Sou um pouquinho daltônico, não enxergo as cores. São coisas que acontecem. É um defeito de nascença. Parece que há certas coisas que você vai ter que enxergar por nós dois. Sim, de fato: afinal, você é inteligente e cheio de imaginação." E havia palavras que meu pai usava sem perceber que deixavam minha mãe triste. *Os montes Cárpatos*, por exemplo. Ou *campanário*. Também *ópera, carruagem, balé, gárgula, praça do relógio*. Mas o que é, na verdade, uma gárgula? Ou um frontão? Uma clepsidra? Um pórtico? Qual é a aparência de um carabineiro? Ou de um chanceler? Um gendarme? Um sineiro?

 Segundo nosso acordo permanente, meu pai ou minha mãe vinha ao meu quarto precisamente às dez e quinze para checar se eu já apagara a lâmpada de cabeceira. Minha mãe às vezes ficava por uns cinco ou dez minutos; sentava na beira da minha cama e contava alguma coisa das suas reminiscências. Certa vez me contou que quando era uma garotinha de oito anos, ficou sentada, certa manhã de verão, na beira de um riacho lá na Ucrânia, perto de um moinho. Patos cortavam a água. Ela descreveu a curva onde o rio era engolido pela floresta. Era ali que sempre desapareciam as coisas que o rio carregava em seu dorso: cascas de árvores, folhas caídas. No pátio do moinho ela encontrou uma veneziana quebrada, pintada de azul-claro, e a jogou no riacho. Ela imaginou que esse riacho, que vinha da floresta e nela desaparecia outra vez, devia fazer outras voltas nas profundezas da floresta, meandros e volteios que acabavam fechando um círculo. Assim, ficou ali sentada durante duas ou três horas, esperando que sua veneziana completasse o circuito e aparecesse de novo. Porém, só os patinhos voltaram.

 Na escola ela aprendera que a água sempre flui para baixo, porque assim, e não de outro modo, são as leis da natureza. Mas com certeza em épocas passadas as pessoas acreditavam em leis naturais completamente diferentes; por exemplo, acreditavam que a Terra era plana e o Sol girava em torno dela, e que as estrelas tinham sido postas no céu para tomar conta de nós. E quem sabe as leis naturais da nossa própria época também não eram leis temporárias que em breve seriam substituídas por outras leis, muito mais modernas?

No dia seguinte ela desceu de novo até o riacho, mas a veneziana azul não voltou. Dia após dia ela sentava e esperava, meia hora ou uma hora, na beira do rio, embora já tivesse concluído que o fato de a veneziana não voltar não provava nada: mesmo que o riacho corresse em círculos, talvez a veneziana estivesse presa em algum lugar da margem, ou encalhada em águas rasas. Ou poderia já ter passado pelo moinho uma ou duas vezes, ou até mais, porém talvez isso tivesse acontecido à noite, ou na hora das refeições, ou até mesmo enquanto ela estava sentada à espera, porém quem sabe naquele preciso momento ela não desviara o olhar para o voo dos pássaros e assim a deixara passar. Sim, pois grandes bandos de aves passavam por ali no outono, na primavera e no verão até, sem nenhum vínculo com as épocas de migração. De fato, como se poderia dizer qual era o tamanho desse círculo que o riacho descrevia antes de voltar para o moinho? Uma semana? Um ano? Talvez mais? Quem sabe naquele mesmo momento em que ela estava sentada na beira da minha cama me contando sobre a veneziana, naquela noite de 1947 em Jerusalém, a veneziana azul da sua infância ainda não continuava navegando nas águas da sua infância, lá longe, na Ucrânia, ou nos vales dos montes Cárpatos, passando por remansos, fontes, gárgulas e campanários. Sempre flutuando e correndo para longe do moinho, e quem sabe quando alcançaria seu ponto mais longínquo e começaria sua viagem de volta? Poderia levar mais dez anos. Ou setenta. Ou cento e sete. Onde estava aquela veneziana azul quando minha mãe me contou sobre ela, mais de vinte anos depois que a jogara no rio? Onde exatamente estariam naquela noite os seus vestígios, seus destroços, seus fragmentos podres? Decerto deve ter sobrado alguma coisa. E será que sobrou algum resquício até agora, até esta noite em que escrevo estas palavras, cerca de setenta anos depois daquela manhã de verão em que minha mãe a jogou nas águas do riacho?

O dia em que aquele pedaço de madeira por fim voltar ao ponto em que minha mãe o jogou na água, ao lado daquele moinho, ele não será visto pelos nossos olhos, que não mais existirão, e sim por olhos estrangeiros. Os olhos de algum homem ou mulher que não poderá sequer imaginar que aquele objeto flutuando no riacho daqui veio e para cá voltou. Que pena, disse minha mãe: se alguém estiver por lá e vir o meu sinal passar outra vez, flutuando diante do moinho, se alguém chegar a notar, como irá saber que se trata de um sinal, uma prova de que tudo gira em círculos? Na verdade, é possível que essa pessoa que casualmente esteja lá no exato dia e no exato momento em que a veneziana voltar também decida fazer dela um sinal, para testar se existe ou não uma volta. Porém, quando o círculo se fechar outra vez, também essa nova pessoa não mais existirá. Outro estranho estará à beira do riacho, e também ele não terá a menor ideia. Vem daí a necessidade de contar.

13.

Meu julgamento por alta traição no bosque Tel Arza durou menos de quinze minutos, pois temíamos ser apanhados pelo toque de recolher. Não houve interrogatório sob tortura, nem barragem de insultos. Foi um julgamento frio e razoavelmente cortês. Tchita Reznik abriu com as seguintes palavras:

"Que o acusado se levante." (No Cinema Édison estava passando *O xerife rebelde de Montana*, com Gary Cooper. Meu julgamento se baseava no julgamento relâmpago do xerife-bandido.)

Ben Hur Tykucinsky, como juiz, advogado de acusação, magistrado, investigador, única testemunha e também legislador, falou sem mexer os lábios:

"Prófi. Membro do Alto Comando. Subcomandante e chefe de operações. Um elemento central da nossa organização. Um homem capaz. Merecedor de consideração especial."

Murmurei:

"Obrigado, Ben Hur." (Senti tanto orgulho que fiquei com um nó na garganta.)

Tchita Reznik disse:
"O acusado só deve falar quando solicitado. Que o acusado agora se cale."
Ben Hur lhe respondeu:
"Fique quieto você também, Tchita."
Depois de um momento de silêncio, Ben Hur falou uma frase dolorosa, com apenas duas palavras:
"Que pena."
Ficou em silêncio de novo. Depois, pensativo, quase com compaixão, acrescentou com voz mais suave:
"Temos três perguntas. Conforme a franqueza das respostas o tribunal determinará a severidade da punição. Será de grande vantagem para o acusado responder com exatidão: Qual foi o motivo? O que o inimigo ficou sabendo? Qual foi a recompensa pela traição? O tribunal apreciará respostas breves."
Falei:
"O.k. É o seguinte. Ponto um: não traí. Pelo contrário, consegui informações importantes do inimigo, sob o pretexto de trocar aulas de hebraico por aulas de inglês. Este é o ponto um."
Tchita Reznik disse:
"Mentira. Ele é um traidor infame e um mentiroso."
E Ben Hur:
"Tchita: último aviso. Acusado: continuar. Mais breve, por favor."
Continuei:
"O.k. Ponto dois: não informei. Não disse nem meu nome. E sem dúvida, não dei nem meio vestígio sequer de informação sobre a Resistência. Posso continuar?"
"Se não estiver cansado."
Tchita deu uma risadinha nervosa, medrosa, servil, e disse:
"Deixe-me cozinhar o Prófi, só um pouquinho. Só cinco minutos. Depois ele vai cantar como um rouxinol."

Ben Hur disse:

"Tchita, você é nojento. Está falando como um nazista. Pegue aquela pedra ali, seu nazistinha — não essa, aquela outra ali —, e enfie na boca, por favor. Isso. Agora feche a boca. Assim teremos silêncio no tribunal até o final do julgamento. Que o traidor termine, por gentileza, sua declaração, se é que já não terminou."

"Ponto três", falei, forçando-me a não olhar na direção de Tchita, que quase sufocava com a pedra na boca. Eu estava decidido a fitar com um olhar corajoso, direto e firme aquele par de olhos amarelos de raposa que nem piscavam. "Ponto três: não recebi nada do inimigo. Nem um barbante, nem um cadarço de sapato. Por princípio. Terminei. Não fui traidor: fui espião. Agi precisamente de acordo com as instruções."

"Um pouco forçado", disse Ben Hur com tristeza, "com a história do barbante, cadarço etc. Mas já estamos acostumados com isso. Você falou bonito, Prófi."

"Estou absolvido? Estou liberado?"

"O acusado terminou. Agora queira calar-se."

Houve outro silêncio. Ben Hur olhava fixo para três galhinhos no chão. Tentou quatro ou cinco vezes erguê-los formando um tripé, mas eles sempre desabavam. Tirou do bolso um canivete, cortou um galho, fez a ponta no outro, até que conseguiu colocá-los em pé num arranjo geométrico perfeito. Mas não dobrou o canivete nem o guardou no bolso; passou a equilibrá-lo nas costas da mão estendida, com a lâmina apontando para mim, faiscante. Então falou:

"Este tribunal acredita no traidor quando diz que conseguiu algumas informações do inimigo. O tribunal acredita até mesmo que o traidor não nos delatou. Entretanto, o tribunal rejeita com indignação o falso testemunho do traidor, afirmando que não recebeu nenhum pagamento: o traidor recebeu dois waffles, vários copos de refresco, um pão com salsicha, aulas de língua inglesa e uma Bíblia, incluindo o Novo Testamento, que é um livro contra o nosso povo."

"Pão com salsicha não", falei num sussurro.

"O traidor é também mesquinho. Está desperdiçando o tempo do tribunal com salsichas e outras ninharias irrelevantes."

"Ben Hur!" Um grito desesperado explodiu de repente de dentro de mim, clamando por justiça: "Mas o que foi que eu fiz para vocês? Eu não revelei nada a ele. Nada! Nem uma palavra! E não se esqueça que fui eu que fundei esta organização para você, fui eu que o nomeei comandante em chefe. Mas agora tudo isso acabou. Estou rompendo com a LOM. Acabou a brincadeira. Por acaso você já ouviu falar em Dreyfus? Em Émile Zola, o escritor? Claro que não. Mas eu não me importo mais. Fica assim rompida a organização, e agora vou para casa".

"Vá então, Prófi."

"Não só vou para casa, como também os desprezo, vocês dois."

"Vá."

"Não traí. Não delatei. Isso é tudo calúnia. Quanto a você, Ben Hur, você não passa de uma criança com complexo de perseguição. Tenho na enciclopédia muito material sobre essa doença."

"E daí? Por que você não vai embora? Só fica aí falando que vai embora, vai embora, e continua aí plantado no lugar. E quanto a você, Tchita, me diga, você ficou louco? Pare de comer essa pedra. Sim. Pode tirar da boca. Não, não jogue fora, fique com ela na mão. Você pode precisar de novo."

"O que vocês vão fazer comigo?"

"Você logo vai ver, Prófi. E não está na enciclopédia."

Quase sem voz, falei:

"Mas eu não entreguei nada."

"Isso é verdade."

"E não recebi nada dele."

"Isso também é verdade. Mais ou menos."

"Então por quê?"

"Por quê? O traidor já leu cinco enciclopédias e ainda não percebeu o que fez. Será que precisamos explicar para ele? O que você acha, Tchita? Temos que abrir os olhos dele um pouquinho? Sim? Muito bem. Nós não somos nazistas. Este tribunal acredita no princípio de que todas as suas sentenças devem ter um sólido embasamento. Pois muito bem. É porque você, Prófi, ama o inimigo. Amar o inimigo, Prófi, é mais grave do que passar informações. É pior do que entregar combatentes. Pior do que delatar. Pior do que vender armas para eles. Pior até do que passar para o lado de lá e combater ombro a ombro com eles. Amar o inimigo, Prófi, é o cúmulo da traição. Vem, Tchita. É melhor irmos embora. Daqui a pouco começa o toque de recolher. E faz mal para a saúde respirar o mesmo ar que os traidores respiram. De agora em diante, Tchita, você é o subcomandante. Basta ficar de boca fechada."

(Eu? E Stephen Dunlop? Meu estômago virou de cabeça para baixo, e tudo o que havia nele começou a cair, a despencar lá para baixo. Como se eu tivesse um outro estômago dentro do estômago, um abismo profundo, e tudo estivesse caindo lá dentro. Amar? A ele? Mentira. E isso era o cúmulo da traição? E como minha mãe podia dizer que quem ama não trai?)

Ben Hur e Tchita já estavam longe. Um rugido explodiu de dentro de mim:

"Seus loucos! Seus doidos! Eu odeio aquele Dunlop, aquela cara de esponja! Eu o odeio! Tenho nojo dele! Eu desprezo aquele sujeito!"

(Traidor. Mentiroso. Baixo. Infame.)

Enquanto isso, o bosque Tel Arza ficou vazio. O Alto Comando desapareceu. Logo viria a noite e o toque de recolher. E eu não vou voltar para casa. Vou para as montanhas, serei um garoto das montanhas. Lá viverei sozinho. Para sempre. Não faço parte de nada, portanto não há como trair. Pois quem faz parte de alguma coisa, acaba traindo.

Os pinheiros sussurravam e os ciprestes farfalhavam: Cala--te, infame.

14.

Estes eram os caminhos que se abriam para mim, de acordo com o método de classificação lógica que eu aprendera com meu pai que devia fazer em momentos de crise. Anotei as diversas alternativas numa ficha em branco que peguei da sua escrivaninha. Primeira: ganhar Tchita para o meu lado. (Selos? Moedas? Uma história de suspense em episódios?) Fazer então uma eleição e depor Ben Hur do seu cargo de comandante em chefe. Segunda: rachar. Fundar um novo movimento de Resistência e alistar novos combatentes. Terceiro: refugiar-me nas cavernas de Sanedria e viver lá até que se revelasse minha inocência. Ou contar tudo ao sargento Dunlop, agora que eu não tinha mais nada a perder. Ben Hur e Tchita iriam para a prisão e eu seria levado para a Inglaterra, para começar uma vida nova com uma identidade totalmente nova. Lá, na Inglaterra, vou fazer contatos, estabelecer laços de amizade com ministros e com o rei, até encontrar o momento certo de dar um golpe bem no coração do governo britânico e libertar nossa pátria das suas mãos. Só eu, sozinho. E então concederei clemência a Ben Hur e Tchita, uma clemência plena de um profundo desprezo.

Ou não.

Melhor aguardar.

Vou me armar de uma paciência de ferro e ficar de olhos bem abertos. (Até hoje de vez em quando dou a mim mesmo esse tipo de conselhos. Dou, mas não sigo.)

Vou esperar. Friamente. Se Ben Hur está tramando me prejudicar, vou resistir. Mas não vou tomar nenhuma medida que possa enfraquecer ou cindir a Resistência; de modo algum. Depois da vingança ou punição (e o que mais eles podem fazer para mim?), é quase certo que peçam que eu volte. E de qualquer forma, para que servem eles sem mim? Não passam de duas múmias, sem a menor faísca de cérebro. Escória. Galinhas sem cabeça. Mas não vou concordar muito rápido. Vou deixar que eles peçam. Implorem. Mendiguem o meu perdão. Reconheçam que fizeram uma injustiça comigo.

"Pai", perguntei aquela noite, "o que vamos fazer se os ingleses vierem até aqui — por exemplo, o alto comissário, ou até mesmo o próprio rei — e reconhecerem que fizeram uma injustiça conosco? E nos pedirem perdão?"

Minha mãe disse:

"Claro que vamos perdoá-los. Como não? Que belo sonho você teve!"

"Albion", disse meu pai. "Em primeiro lugar, temos que examinar sete vezes se eles não estão escondendo sete perfídias no coração. Com eles tudo é possível."

"E se os alemães vierem e nos pedirem perdão?"

"Isso já é difícil", disse minha mãe. "Isso vai ter que esperar. Talvez daqui a muitos anos. Talvez você possa fazer isso. Eu não."

Meu pai estava imerso em seus pensamentos. Por fim tocou em meu ombro e disse:

"Enquanto nós, judeus, formos poucos e fracos aqui na nossa terra, Albion e todos os povos gentios irão continuar bajulando os árabes. Quando formos muitos, e muito fortes, e capazes de nos defender muito bem, então é possível que eles comecem a vir até aqui e a nos falar palavras doces. Ingleses, alemães, russos, o mundo inteiro virá fazer serenatas para nós. Nesse dia nós os receberemos com cortesia. Não rejeitaremos a mão estendida, mas também não vamos nos pendurar no pescoço deles, como fez José com seus irmãos reencontrados. Pelo contrário: respeitar desconfiando. Aliás, seria melhor nós nos aliarmos não com os povos da Europa, mas justamente com os nossos vizinhos árabes. Afinal, Ismael é nosso único parente consanguíneo. É claro que isso tudo está longe, talvez muito longe. Você se lembra das Guerras de Troia, que lemos juntos no inverno passado? Lembra-se daquele famoso ditado: 'Cuidado com os gregos quando trazem presentes?'. Pois bem, no lugar de 'gregos' coloque, por favor, 'ingleses'. Quanto aos alemães, se eles não perdoarem a si mesmos, talvez algum dia nós os perdoemos. Mas se ficar claro que eles já estão perdoando a si mesmos, então nós jamais os perdoaremos."

Não desisti:

"Mas, afinal de contas, vamos perdoar nossos inimigos ou não?" (Naquele momento eu tinha uma imagem na cabeça, uma imagem precisa, palpável, detalhada: meu pai, minha mãe e o sargento Dunlop sentados aqui nesta sala, num sábado de manhã. Tomando chá e conversando em hebraico sobre a Bíblia e os locais arqueológicos de Jerusalém, discutindo em latim ou grego clássico sobre os gregos e seus presentes. E também Yardena e eu num canto da figura: ela tocando clarinete e eu no tapete, deitado, não muito longe dos pés dela, pantera feliz no porão.)

Minha mãe disse:

"Sim, vamos perdoar. Não perdoar é como um veneno."

Eu deveria pedir perdão a Yardena por aquilo que quase não vi, não de propósito. Pelos pensamentos que têm me vindo desde então. Mas como? Para lhe pedir perdão eu teria que lhe contar o que aconteceu, e a própria história já era uma espécie de traição. Então, pedir perdão a Yardena seria uma espécie de traição da traição? Complicado. Será que trair a traição anula a traição original? Ou será que a torna duas vezes pior?

Uma pergunta e tanto.

15.

Nunca se deve levar para o hospital um combatente da Resistência ferido, pois o hospital é o primeiro lugar para onde o Serviço Secreto irá correr depois de qualquer operação de guerrilha, à caça de combatentes feridos. É por isso que a Resistência tem suas enfermarias secretas para tratar dos feridos, e uma dessas era a nossa casa, pois minha mãe, logo que chegou ao país, estudou enfermagem no Hospital Hadassa. (Na verdade estudou só dois anos. No segundo ano ela se casou e no terceiro nasci eu, interrompendo seus estudos.)

No armário do banheiro havia uma gaveta trancada. Eu não tinha permissão de perguntar o que havia nela, nem mesmo de notar que estava sempre trancada a chave. Mas certa vez, quando meus pais estavam no trabalho, consegui abri-la com todo o cuidado (com um pedaço de arame dobrado), e descobri um estoque de bandagens, gaze, seringas, várias caixas de pílulas, vidrinhos e garrafinhas fechadas, e todo o tipo de pomadas estrangeiras. E eu sabia que se alguma noite, durante o toque de recolher, eu por acaso escutasse um furtivo arranhar na porta, e em seguida vozes abafadas, sussurros, o riscar de um fósforo, o assobio da chaleira, meu dever era não sair do meu quarto. Para não ver o colchão de reserva colocado no chão do corredor debaixo dos grandes mapas, que ao raiar do dia já teria desaparecido, como se nunca tivesse existido. Como se fosse um sonho. Pois entre os deveres de um combatente da Resistência existe um lugar especial para o difícil dever de não saber.

Meu pai era quase cego no escuro, e por isso não participava dos ataques noturnos às fortificações inglesas ou aos seus bem guardados postos policiais. Porém, ele tinha uma tarefa especial: compunha slogans em inglês denunciando a Pérfida Albion, que se comprometera perante o mundo todo a nos ajudar a construir aqui um lar nacional judaico, e estava agora, num ato de traição cínica, ajudando os árabes a nos esmagar. Perguntei a meu pai o que significava "traição cínica". (Sempre que meu pai me explicava algum conceito estrangeiro, parecia concentrado, responsável, como um cientista despejando um fluido precioso de um tubo de ensaio para outro.) Ele falou:

"Cínico: frio e calculista. Egoísta, interesseiro. Vem de *kyon*, uma antiga palavra grega que significa 'cão'. Quando se apresentar uma oportunidade adequada, eu explicarei a você a conexão entre o cinismo e os cães, que costumam ser considerados, justamente, o símbolo da lealdade. É uma história um pouco longa, que atesta a ingratidão da humanidade para com os animais que lhe são mais úteis, tais como o cão, a mula, o cavalo, o burro, que se tornaram termos insultuosos, ao passo que os animais selvagens, nossos inimigos, como o leão, o tigre, o lobo, e até mesmo os abutres, recebem na maioria das línguas um respeito imerecido. Bem, mas voltando à sua pergunta, traição cínica é uma traição a sangue-frio. Traição imoral e insensível."

Perguntei (não a meu pai, mas a mim mesmo): Será que pode existir no mundo alguma traição que não seja cínica? Que não seja interesseira e calculista? Será que existe um traidor que não seja infame? (Hoje penso que existe.)

Nos slogans que meu pai compunha em inglês para a Resistência, a Pérfida Albion era acusada de dar prosseguimento aos crimes dos nazistas, de vender as últimas esperanças de um povo dizimado em troca do petróleo árabe e de bases militares no Oriente Médio.

"Saiba o povo de Milton e de Lord Byron que o petróleo que os aquece no inverno está manchado do sangue dos sobreviventes do povo perseguido." Ou: "O governo trabalhista britânico está bajulando os governos árabes tiranos, que não param de se queixar de que lhes falta espaço entre o oceano Atlântico e o golfo Pérsico, e entre o monte Ararat, no norte, até Bab-el-Mandeb e a Fortaleza das Lágrimas, lá no sul do Iêmen". (Fui checar no mapa: de fato, o lugar não era tão apertado. A nossa terra era um minúsculo pontinho na vastidão do mundo árabe, uma cabecinha de alfinete no Império britânico.) Assim que acabássemos de construir nosso foguete, nós o apontaríamos para o palácio real, no coração da cidade de Londres, e assim os forçaríamos a sair da nossa terra. (E o que seria do sargento Dunlop? O que nos amava e amava a Bíblia? Será que ele conseguiria permissão de permanecer aqui, como hóspede especial de honra do governo do Estado Judeu? Vou providenciar. Vou escrever uma carta de recomendação para ele.)

À noite, em meio às suas pesquisas sobre a história dos judeus na Polônia, meu pai compunha seus slogans, e neles introduzia versos da poesia inglesa, para lhes comover o coração. Pela manhã, a caminho do trabalho, entregava a folha de papel, escondida entre as folhas do jornal, ao seu contato (um rapazinho de pernas compridas como uma cegonha que ajudava no armazém dos irmãos Sinopsky). Os slogans eram então levados à gráfica secreta (no porão da família Kolodny). Depois de um ou dois dias, eles apareciam nas paredes das casas, nos postes de iluminação e até mesmo nos muros do posto policial onde o sargento Dunlop trabalhava.

Se o Serviço Secreto descobrisse a gaveta trancada de minha mãe ou os rascunhos dos slogans de meu pai, os dois seriam presos em solitária no cárcere da praça dos Russos, e eu ficaria sozinho. Iria para as montanhas e levaria a vida de um garoto das montanhas. No Cinema Édison assisti a um filme sobre uma quadrilha de moedeiros falsos: uma família inteira, irmãos, primos e cunhados. Quando voltei do cinema perguntei à minha mãe se nós também éramos uma família fora da lei. Ela respondeu:

"Ora, o que foi que nós fizemos? Por acaso roubamos? Enganamos? Ou, Deus nos livre, derramamos o sangue de alguém?"

E meu pai:

"Claro que não. Ao contrário: a lei britânica é, na verdade, completamente ilegal. O domínio deles aqui se baseia na repressão e na falsidade, pois as potências mundiais lhes entregaram Jerusalém com base no compromisso deles de estabelecer aqui um lar nacional judaico, e agora eles estão incitando os árabes a destruir esse lar, e até os ajudam a fazer isso." Enquanto ele falava, a ira incendiava seus olhos azuis, ampliados pelas lentes dos óculos. Minha mãe e eu trocamos um sorriso secreto, pois a raiva de meu pai era uma raiva suave, literária. Expulsar os britânicos e repelir os exércitos árabes exigem um tipo diferente de raiva, uma raiva selvagem, muito distante das palavras, um tipo de raiva que não existia na nossa casa nem no nosso bairro. Talvez existisse na Galileia, nos vales, nos kibutzim do Neguev, nas reentrâncias das montanhas onde todas as noites os combatentes da verdadeira Resistência se exercitavam. Quem sabe nesses lugares não ia se acumulando a raiva do tipo certo. Pois não sabíamos como é essa raiva; mas sabíamos, sim, que sem ela todos nós estaríamos perdidos. Lá longe, nos desertos, nas planícies, nas encostas do Carmel, no vale ardente de Beit Shean, brotava uma nova estirpe de judeus, que não eram pálidos e de óculos como nós, e sim bronzeados e vigorosos; eram pioneiros, e tinham verdadeiros mananciais de raiva, dessa raiva realmente arrasadora. A raiva indignada que por vezes faiscava nos óculos de meu pai levava minha mãe e eu a darmos um sorriso imperceptível. Menos que uma piscadela. Uma miniconspiração, uma Resistência dentro da Resistência, como se por um instante ela abrisse na minha presença alguma gaveta proibida. Como se me desse uma indicação de que de fato havia na sala dois adultos e uma criança, porém, pelo menos aos seus olhos, não era eu necessariamente a criança. Ou, pelo menos, não o tempo todo. De repente me levantei, fui até ela e lhe dei um abraço bem apertado, enquanto meu pai acendia a lâmpada da sua escrivaninha e sentava-se para continuar a coletar dados para sua história dos judeus na Polônia. Então por que a doçura daquele momento vinha de mistura com o azedume do rangido do giz, o gosto sórdido da traição?

Naquele momento decidi contar a eles:

"Acabei com Ben Hur e Tchita. Não somos mais amigos."

Meu pai estava de costas para nós e com o rosto virado para as montanhas de livros abertos na sua mesa. Perguntou:

"O que foi que você andou fazendo agora? Quando é que vai aprender a ser leal com seus amigos?"

Falei:

"Tivemos uma dissidência."

Meu pai se virou na cadeira e inquiriu, com sua voz de homem justo: "Uma dissidência? Entre os filhos da luz e os filhos das trevas?".

E minha mãe:

"Estão atirando de novo, no escuro. E parece bem perto."

16.

Já contei como sou fascinado por pessoas como Ben Hur, pessoas que estão sempre com sede, uma sede que nada no mundo pode saciar, pois é insaciável, e lhes dá uma crueldade sombria de gato selvagem — uma autoridade gélida, de olhos semicerrados. E, tal como os heróis do rei Davi que nós estudávamos nas aulas de Bíblia, sempre sinto um estranho impulso de arriscar por eles tudo o que é meu. Arriscar minha alma indo buscar água para eles nos poços do inimigo. Tudo isso na vaga esperança de ouvir, depois desse ato de heroísmo, vindas do canto da boca do leopardo, aquelas palavras tão ansiadas: "Prófi, você é um sujeito legal".

Além desses leopardos sedentos, há outro tipo de pessoas que me fascinam. À primeira vista, elas são diametralmente opostas aos leopardos, mas na verdade os dois grupos têm alguma coisa em comum que é difícil definir mas não é difícil perceber. Falo das pessoas que estão sempre perdidas. Como o sargento Dunlop, por exemplo. Tanto naquela época como agora, enquanto escrevo este relato, sempre achei que há um certo fascínio pungente nas pessoas perdidas, que passam pela vida como se o mundo inteiro fosse uma estação de ônibus numa cidade estrangeira onde elas desembarcaram por engano e agora não têm a menor ideia de onde foi que erraram nem de como sair dali, e muito menos sabem para onde ir.

Era bem alto e de constituição robusta, um homem grandão e gorducho, porém delicado. Meio cartilaginoso. Apesar do seu uniforme e da sua arma, das divisas de sargento na manga, do brilho dos números prateados nos ombros, do quepe militar preto, parecia um homem que acabava de sair da luz para a escuridão, ou da escuridão para a luz ofuscante.

Parecia um homem que um dia perdeu algo muito precioso, e agora não tem nem sombra de lembrança do que foi que perdeu, de como era o objeto perdido, ou do que fazer com ele caso o encontrasse. Assim, vivia perambulando pelos seus próprios compartimentos internos, pelos corredores, no porão, nos depósitos; e mesmo que tropeçasse naquilo, no que quer que fosse que ele perdera, como saberia que era aquilo mesmo que fora perdido? Passaria reto, cansado, e continuaria a procurar para sempre. Continuaria avançando pesadamente com suas grandes botinas, indo cada vez mais longe e ficando cada vez mais perdido. Eu não esqueci que ele representava o inimigo; e, contudo, sentia um impulso de lhe estender a mão. Não para lhe apertar a mão, mas para apoiá-lo. Como a um bebê. Ou a um cego.

Quase todos os dias à noitinha eu me esgueirava pela porta do Café Orient Palace, levando debaixo do braço o *English for overseas students* e o *Hebraico para o imigrante e o pioneiro*. Não me importava mais se o leopardo e seu escravo continuavam ou não a me seguir pelos becos.

Pois que mais eu tinha a perder?

Passava depressa pelo decadente salão da frente, cortando a fumaça de cigarro e o fedor de cerveja, ignorando as gargalhadas grosseiras, sufocava a vontade imperiosa das pontas dos meus dedos de afagar por um momento o feltro verde da mesa de bilhar, sem ver o decote da moça do balcão; seguia numa linha reta, com a determinação de uma flecha em voo, corria para o salão de trás e aterrissava na nossa mesa.

Mais de uma vez eu viera aqui em vão — ele não viera, embora tivéssemos marcado um encontro. Às vezes ele não lembrava. Às vezes se confundia. Acontecia também que quando terminava seu trabalho no Departamento de Contabilidade, era enviado de repente em alguma missão externa, como guardar a entrada de uma agência do correio, ou checar documentos numa barreira da estrada. Ocasionalmente — ou assim ele me deu a entender — ficava confinado no quartel porque não tinha batido continência com a devida presteza, ou porque uma das botas estava mais engraxada do que a outra.

Quem já viu, ou na vida real ou num filme, um inimigo distraído? Ou tímido? O sargento Dunlop era um inimigo distraído, e sobretudo muito tímido. Certa vez eu lhe perguntei se ele tinha lá na sua cidade, em Canterbury, uma esposa e filhos à sua espera. (Minha intenção era lhe insinuar, de uma maneira inofensiva, que já havia chegado a hora de os ingleses se retirarem finalmente da nossa terra, para o bem deles e também para o nosso.) O sargento Dunlop ficou surpreso com a minha pergunta; sua pesada cabeça enfiou-se entre os ombros como uma tartaruga assustada, suas mãos gordas e sardentas tateavam, confusas, indo e voltando dos joelhos para a mesa, e ele ficou todo vermelho, num rubor que veio se espalhando desde as bochechas até a testa e mesmo as orelhas, como se espalha uma mancha escura de vinho derramado numa toalha branca de mesa. Embarcou então num longo pedido de desculpas no seu hebraico de porcelana: que até agora, por enquanto, era um "andarilho que caminhava solitário em suas veredas", ainda que o bom Deus nos tenha dito claramente nas Sagradas Escrituras: "Não é bom que o homem esteja só".

Algumas vezes me acontecia de encontrar o sargento Dunlop já esperando por mim sentado à nossa mesa de costume, com a fralda da camisa cáqui saindo da calça, a barriga fazendo uma dobra por cima do cinto, escondendo a fivela reluzente, um homem de carnes fartas. Enquanto eu não chegava, distraía-se jogando damas consigo mesmo, e quando me avistava ficava todo atrapalhado, pedia desculpas e enfiava depressa todas as peças no estojo. Dizia então algo assim:

"De qualquer maneira, daqui a pouco eu ia ser derrotado." E ria então um sorriso tipo não-repare-por-favor, e no meio do sorriso ele se ruborizava, e parecia que o rubor aumentava ainda mais o seu constrangimento, que assim se redobrava.

"Pelo contrário", falei certa vez, "de qualquer maneira você iria vencer." Ele considerou por um momento, compreendeu, e deu um sorriso suave, como se eu tivesse dito uma verdade jamais concebida por nenhum filósofo. Depois de mais uma reflexão, respondeu:

"Não é assim. Com a minha vitória, derrotarei a mim mesmo com um golpe fatal."

Mesmo assim concordou em jogar comigo, só uma partida, e ganhou, o que o encheu de um lastimoso constrangimento. Começou a pedir desculpas, como se ao me derrotar tivesse acrescentado, com suas próprias mãos, mais um pecado aos crimes do opressivo regime britânico. Durante as minhas aulas de inglês ele por vezes pedia desculpas pelo complicado sistema dos tempos verbais e pelo grande número de verbos irregulares. Parecia que ele próprio, com seu desleixo, era o único culpado pelo fato de que na língua inglesa muitas vezes é impossível distinguir entre, por exemplo, *copo* e *vidro*, *mesa* e *tabela*, *suportar* e *urso*, *quente* e *apimentado*, *data* e *tâmara*. Ao passo que ele, em suas aulas de hebraico, sempre que me devolvia a lição de casa que eu lhe passava, perguntava humildemente:

"E então? O bruto não compreende? O tolo não consegue captar?"

Se eu elogiava o trabalho dele, seus olhos infantis se iluminavam e um sorriso gentil e envergonhado, de aquecer o coração, tremulava nos seus lábios e transbordava para as bochechas redondas; parecia que sob o uniforme o rubor estava se espalhando pelo corpo todo. E murmurava:

"Sou indigno desse louvor."

Às vezes, porém, bem no meio da aula, esquecíamos os nossos negócios e mergulhávamos numa conversa. Por vezes ele se entusiasmava e me contava todos os mexericos da vida no quartel, dando risadinhas como se ficasse chocado com sua própria ousadia: quem estava sabotando a autoridade de quem, quem escondia doces ou cigarros, quem nunca tomava banho, quem fora visto bebericando uma cerveja na cantina com uma jovem que afirmou ser sua irmã mas que talvez não fosse exatamente sua irmã. Se conversávamos sobre a situação política eu me tornava um profeta irado, e ele apenas concordava com a cabeça e dizia: "É verdade", ou: "Infelizmente". Certa vez falou:

"O povo dos profetas. O povo do Livro. Quem dera pudesse receber aquilo que lhe cabe sem derramar sangue inocente." Às vezes a conversa se voltava para histórias bíblicas, e então era minha vez de ouvir atento, boquiaberto, enquanto ele me deixava atônito com observações que o nosso professor, o sr. Zerubavel Guihón, não teria imaginado nem nos seus sonhos mais ousados. Ficou claro, por exemplo, que o sargento Dunlop não gostava do rei Davi, embora tivesse pena dele. Aos seus olhos, Davi era um jovem do campo, talhado para ser poeta e amante, e eis que o bom Deus fez dele um rei, algo que não combinava com ele, e o condenou a viver uma vida de guerras e de intrigas. Não admira que no fim da vida Davi fosse atormentado pelo mesmo espírito mau que ele próprio havia infligido ao seu predecessor, Saul, que foi um homem melhor que ele. Por fim, o mesmo destino e a mesma sentença caíram sobre o que pastoreava ovelhas e o que conduzia mulas.

O sargento Dunlop falava sobre eles, Saul e Davi, Mihal e Jonatan, Absalão e Joab, num tom de leve espanto e admiração, como se eles também fossem jovens judeus da Resistência com quem tivesse sentado um dia no Café Orient Palace, e com eles tivesse aprendido hebraico, ensinando-lhes, em troca, a ler e falar um pouquinho de filisteu. Sentia afeto e compaixão por Saul e Jonatan, porém mais do que todos amava a filha de Saul, Mihal, que nunca teve filhos, até o dia da sua morte, e tinha predileção também por seu marido Paltiél, filho de Laísh, que foi atrás dela e chorou por ela até que Avner o expulsou, e assim, caminhando e chorando pela esposa que não era mais sua, ele também foi expulso de cena e desapareceu da história.

Mas exceto Paltiél, pensei, quase todos eles traíram: Jonatan e Mihal traíram seu pai, Saul; Joab e os outros filhos de Zeruiá, o belo Absalão, Amnon, Adonias filho de Haguit — todos eles traíram, e mais do que todos o próprio Davi, rei de Israel, aquele mesmo sobre quem cantamos *hai ve kaiám*, "vive e permanece". Todos eles pareciam ligeiramente ridículos na versão do sargento Dunlop: frenéticos, infelizes, um pouco parecidos com os oficiais do Serviço Secreto sobre quem ele me contava pequenos mexericos: um era ciumento, outro bajulador, um terceiro desconfiado. Nas histórias que ele contava, todos eles pareciam presos numa teia subterrânea de paixões, desejos, ciúmes e intrigas, dedicados à busca do poder e da vingança. (Ei-los aqui de novo, os sedentos, os ressequidos, os leopardos cuja sede nada no mundo pode saciar. Jamais. Eles perseguem e são perseguidos. Cegos. Cavam um poço, e nele acabam caindo.)

Em vão procurei no meu coração uma resposta arrasadora que resgataria a honra do rei Davi e do professor Guihón — e, na verdade, a honra de todo o nosso povo. Eu sabia que era meu dever nessas conversas defender alguma coisa que o sargento Dunlop estivesse atacando. Mas que coisa é essa que era minha obrigação defender? Isso eu não sabia naquele tempo (e até hoje não sei muito bem). E, contudo, meu coração transbordava para todos eles, para Saul, abandonado e enganado, julgado por Samuel por traição e condenado a pagar com sua coroa e sua vida por não ter um coração de pedra. Transbordava para Mihal e Jonatan, cujas almas eram tão ligadas à alma do inimigo de sua família que não hesitaram em trair seu pai e o trono de seu pai para seguir o leopardo. Até por Davi eu sentia compaixão, Davi, o rei traidor que traiu todos aqueles que o amaram e foi, por sua vez, traído por quase todos eles.

Por que não poderíamos nos reunir algum dia no salão dos fundos do Café Orient Palace, o sargento Dunlop, minha mãe, meu pai, Ben Gurion, Ben Hur, Yardena, o Grande Mufti Hadji Amin, meu professor, sr. Guihón, os comandantes da Resistência, o sr. Lázarus e o alto comissário, todos nós, até mesmo Tchita e a mãe dele e seus dois pais alternativos, e conversar por duas ou três horas, e compreender finalmente o coração um do outro, renunciar um pouco, acalmarmo-nos e perdoar? Sairmos e irmos todos juntos até a beira do rio, para ver se a veneziana azul levada pela corrente já voltou?

"Eis que nos basta por hoje", dizia o sargento Dunlop, cortando meus sonhos. "Despeçamo-nos então e retornemos amanhã: com o suor do nosso rosto aumentaremos nossos conhecimentos; ah, que possamos não aumentar também nossas aflições."

E com isso nós nos despedíamos, sem um aperto de mão, pois ele compreendeu por si que eu estava proibido de apertar a mão do opressor estrangeiro. Assim, nos contentávamos com um aceno de cabeça ao nos encontrarmos e nos despedirmos.

E quais foram as informações secretas que consegui extrair do sargento Dunlop como resultado dos nossos contatos?

Não muita coisa; apenas um fiapo aqui e outro ali.

Alguma coisa sobre a organização dos turnos de guarda no posto policial fortificado.

Alguma coisa (na verdade bem importante) sobre o revezamento dos plantões noturnos.

Relações pessoais entre os oficiais e entre suas esposas. Alguns detalhes sobre a rotina do quartel.

E uma outra coisa que talvez não possa ser considerada resultado da minha espionagem mas que mencionarei aqui de qualquer modo. Numa ocasião o sargento Dunlop disse que, na sua opinião, após o fim do mandato britânico aqui seria criado um Estado judaico, e assim as palavras dos profetas iriam se realizar exatamente como escritas na Bíblia; e que, contudo, sentia pena dos povos de Canaã, ou seja, os árabes que ali viviam, e em especial dos moradores das aldeias. Ele acreditava que depois da retirada do Exército britânico os judeus se levantariam e derrotariam seus inimigos, as aldeias de pedra seriam arrasadas, os campos e pomares transformados em moradas de chacais e raposas, os poços secariam, e os aldeões e os lavradores, os que cultivam sicômoros e oliveiras, os pastores, os condutores de mulas, todos eles seriam expulsos para o deserto. Talvez fosse decreto do Criador que eles se tornassem um povo perseguido, em vez dos judeus, que estavam por fim retornando, depois de tanto tempo, à terra que lhes foi legada. "Maravilhosos são os caminhos do Senhor", disse o sargento Dunlop com tristeza, e então com um ar de leve surpresa, como se tivesse de repente chegado a uma conclusão que fazia muito tempo estava à sua espera: "Os que Ele ama, Ele pune, e os que Ele deseja desenraizar, Ele ama".

# 17.

Um boato espalhou-se pela vizinhança: que os ingleses estavam prestes a impor um toque de recolher geral, dia e noite, e a organizar minuciosas buscas de casa em casa à procura de combatentes da Resistência e esconderijos de armas.

À tarde, quando meu pai voltou do trabalho, chamou-nos para uma breve reunião a três na cozinha. Havia um assunto que tínhamos que discutir séria e francamente. Fechou a porta e a janela, sentou-se com sua calça cáqui bem passada, de bolsos amplos, e pôs na mesa diante dele um pacotinho embrulhado em papel manilha marrom. Nesse pacotinho havia alguma coisa, ou melhor dizendo, algumas coisas, que nos pediram que escondêssemos até que o perigo passasse. Era razoável supor que as buscas não iriam nos ignorar; porém acreditava-se que no nosso apartamento era mais fácil encontrar um esconderijo para essa coisa, ou essas coisas. E nós estávamos inteiramente preparados para enfrentar esse teste.

Pensei: Ele tem razão de não nos dizer o que há no pacote, para não alarmar a mamãe. (E se ele mesmo não souber? Não é possível: meu pai sabe.) Quanto a mim, imediatamente assumi que o pacote continha dinamite, TNT, nitroglicerina ou muito mais ainda, alguma substância explosiva recém-inventada, revolucionária, tal como jamais fora vista: uma mistura mortífera que tínhamos criado aqui mesmo, nos laboratórios secretos da Resistência. Bastava uma colherada para explodir metade da cidade.

E eu?

Meia colherada me bastaria também para o nosso foguete, que estava pronto para ameaçar o palácio do rei Jorge em Londres. Era esse o momento certo pelo qual eu vinha esperando. Eu precisava, de qualquer maneira, extrair do pacote, em segredo, a quantidade necessária.

Se eu conseguisse, a LOM cairia de joelhos implorando que eu os perdoasse e voltasse. E eu os perdoaria. Com desprezo. E também concordaria em voltar. Mas não sem antes obter algumas sérias concessões: reorganizar o comando a partir do zero; colocar Ben Hur no seu devido lugar; dissolver a Divisão Especial de Segurança Interna e Investigações; e, por fim, criar um método para evitar decisões arbitrárias e proteger os combatentes contra os perigos da rivalidade interna.

Meu pai disse:

"Se e quando vierem revistar a nossa casa, é essencial que vocês dois saibam do que se trata, por duas razões: primeira, não há muito lugar por aqui e um de vocês dois pode encontrá-lo por acaso, e assim causar um incidente. Segundo, se eles realmente encontrarem o esconderijo, há perigo de que nos interroguem separadamente, e quero que nós três tenhamos uma explicação idêntica, sem contradições." (A explicação que meu pai nos pediu que memorizássemos se referia ao professor Schlossberg, que antes morava sozinho no andar de cima e morrera no inverno passado. Ele deixara para meu pai em testamento cinquenta ou sessenta livros. Nossa resposta unânime às perguntas deveria ser que aquele pacotinho embrulhado em papel marrom veio para a nossa casa no meio dos livros do falecido professor.)

"Será uma mentira branca", disse meu pai, e seus olhos azuis e míopes olharam através dos óculos bem dentro dos meus olhos. Por um instante faiscou no seu olhar um lampejo brincalhão, que se acendia só muito raramente, por exemplo, quando ele contava como tinha dado uma resposta arrasadora a algum estudioso ou escritor, que ficara "sem fala, como se tivesse sido atingido por um raio". "Vamos nos permitir utilizar essa mentira branca em caso de necessidade, só por causa do perigo, e mesmo assim a contragosto, pois uma mentira é uma mentira. Sempre. Até mesmo uma mentira branca continua sendo uma mentira. Por favor, Sua Excelência, queira manter isso sempre em mente."

Minha mãe disse:

"Em vez de passar sermão no menino toda hora, feito Moisés no monte Sinai, quem sabe você não encontra um tempinho para brincar com ele de vez em quando? Ou pelo menos conversar com ele? Conversar: lembra? Duas pessoas sentam juntas, as duas falam e as duas escutam? Cada uma tentando compreender a outra?"

Meu pai pegou o pacotinho, embalou-o nos braços como um bebê chorão e o levou da cozinha para o aposento que servia de quarto de dormir para os meus pais, escritório para o meu pai e sala de estar para todos nós. Em torno desse quarto as paredes eram totalmente recobertas de prateleiras de livros, desde o teto até o chão. Não sobrara espaço para nem um único quadro ou enfeite.

Os exércitos de livros do meu pai se perfilavam com uma lógica férrea, divididos em seções e subseções: organizados por assuntos e áreas de interesse, por idioma, e alfabeticamente pelo nome dos autores. As altas patentes, os marechais e generais da biblioteca, isto é, aqueles volumes especiais que sempre me provocavam um frêmito de respeito, eram livros valiosos, em esplêndidas encadernações de couro. Na áspera superfície do couro meus dedos buscavam, e encontravam, as reentrâncias deliciosas das letras gravadas a ouro, como o peito de um marechal de campo nos noticiários da Fox Movietone, com fileiras e fileiras de medalhas reluzentes testemunhando seu heroísmo e seus méritos. Quando um único raio de luz da lâmpada da escrivaninha de meu pai caía sobre o ouro das suas floreadas condecorações, uma centelha ofuscante saltava até meus olhos, como se me chamasse a ir ter com elas. Ministros e duques eram para mim esses livros, meus príncipes, condes e barões.

Acima deles, na prateleira logo abaixo do teto, pairavam as brigadas de cavalaria ligeira: revistas com capas multicoloridas, organizadas por assunto, por data e por país de origem. Em total contraste com as pesadas armaduras blindadas dos oficiais, esses cavaleiros envergavam uniformes leves, de cores esplêndidas.

Em torno daquele núcleo de marechais e generais ficavam grandes concentrações de oficiais de brigada e de regimento, livros de lombada rija e capas grossas e ásperas de pano resistente, livros empoeirados, um pouco desbotados, como se vestidos em uniformes de combate, empapados de suor e poeira, ou como o tecido das velhas bandeiras, veteranas de muitas e duras batalhas.

Em alguns livros, entre o corpo e a capa dura revestida de pano, abria-se uma fresta estreita, parecida com a linha divisória entre os seios da moça inclinada sobre o balcão do bar no Café Orient Palace. Se eu espiasse lá dentro veria apenas uma escuridão perfumada e captaria o eco indistinto do aroma do corpo do livro, vago, fascinante e inacessível.

De patente mais baixa do que os livros-oficiais em suas encadernações de pano, havia centenas e centenas de livros simples, encadernados em cartão áspero, com cheiro de cola grosseira — as legiões de soldados rasos da biblioteca, pardos e cinzentos.

E mais abaixo desses soldados ficava a escória, as milícias semirregulares: livros não encadernados, com as folhas unidas entre dois retângulos de cartão e cansados elásticos, ou largas tiras de fita gomada. Havia também alguns surrados livros-bandidos, encapados com folhas de papel amarelado, já em desintegração. Finalmente, abaixo dessa multidão descolorida, ficavam os pobres coitados, os não livros, os mendigos — cadernos, prospectos, cartazes, folhas soltas, todos espremidos nas prateleiras mais baixas, amontoados de qualquer jeito, esperando pelo dia em que meu pai os levasse dali para algum asilo de publicações inúteis, e enquanto isso aqui estavam elas, temporariamente acampadas, por caridade e não por direito. Empilhadas, roídas pelas traças até que o vento as dispersasse e levasse seus corpos para longe. Ainda hoje, ou amanhã, ou no máximo no inverno, meu pai encontraria tempo para classificá-las, e, sem dó nem piedade, botar para fora de casa a maioria desses mendigos (ele os chamava com palavras estrangeiras como *brochuras*, *gazetas*, *magazines*, *jornais*, *panfletos*) para abrir lugar para outros mendigos, cujo dia também não tardaria a chegar. (Mas meu pai tinha pena deles. Vezes seguidas prometia a si mesmo arrumar, selecionar, expulsar, mas eu tinha a sensação de que nem uma única página impressa jamais deixou a nossa casa, embora esta já estivesse arrebentando nas costuras.)

Um cheiro fino, poeirento, acinzentado, pairava constantemente em torno dessas estantes, tal como um trago de ar estrangeiro, inebriante, excitante, atraente. Até hoje posso entrar numa sala cheia de livros, e mesmo de olhos vendados e ouvidos tapados sou capaz de dizer imediatamente, sem a menor sombra de dúvida, se é uma sala cheia de livros. Eu capto os cheiros de uma velha biblioteca não com as narinas mas com a pele — um lugar grave, pensativo, carregado de poeira de livros, mais fina do que qualquer outra poeira, misturada ao odor que emana do papel antigo, de permeio com o cheiro de colas antigas e novas, colas de cheiro penetrante, ou amargo, espesso, algumas recendendo a amêndoas, outras com cheiro de suor azedo, ou de um adesivo à base de álcool, estonteantes, um parente, mas parente muito distante, do mundo das algas e do iodo, e o cheiro de chumbo da espessa tinta de impressão, e o cheiro de papel apodrecido, roído pela umidade e pelo mofo, e de papel barato que vai se esfarelando, e em contraste os aromas ricos, exóticos, capitosos, tentadores que emanam dos livros de arte, com seu papel fino, estrangeiro. E tudo isso recoberto por uma camada escura de ar que já se fixou, imóvel e imutável há anos e anos, preso nos espaços secretos que há entre as fileiras de livros e a parede atrás.

Numa estante larga e pesada à esquerda da escrivaninha do meu pai se concentravam as volumosas obras de referência, como uma artilharia de apoio entrincheirada na retaguarda das tropas de ataque: fileiras e fileiras de enciclopédias em várias línguas, dicionários, uma gigantesca *Concordância bíblica*, atlas, léxicos e manuais (incluindo um livro intitulado A *chave das chaves*, no qual eu esperava encontrar profundos segredos mas que na verdade não continha nada além de listas e mais listas de milhares de livros com nomes esquisitos). As enciclopédias, os dicionários e os léxicos eram quase todos marechais e generais, isto é, esplêndidos tomos encadernados em couro com letras de ouro que as pontas dos meus dedos ansiavam por tocar e acariciar, que me fascinavam não só com o deleite de poder tocá-los mas também com um anseio pela infinita vastidão de conhecimentos que ficava fora do meu alcance por estar em línguas estrangeiras: coisas como a cruz, o cavaleiro, o campanário, a floresta e a clareira, a campina, a carruagem e o bonde, o lago, o átrio e a mansarda, e você, quem é você em comparação? Nada, apenas um jovem combatente judeu da Resistência clandestina, cuja vida é dedicada a expulsar o opressor estrangeiro, mas cuja alma está unida à dele, porque esse opressor também vem de terras de rios e florestas, de lugares onde as torres se erguem, altivas, e nos telhados giram tranquilamente os cata-ventos.

Em torno das letras douradas das encadernações de couro havia desenhos ornamentais de flores e diademas entrelaçados, os emblemas das editoras, que a mim pareciam escudos e brasões de diversas casas reais, de lordes, cavaleiros, princesas, duquesas e todos os demais títulos de nobreza: havia dragões alados gravados em ouro e pares de leões dourados, irados, sustentando um pergaminho desenrolado, ou a imagem esquemática de um castelo com suas torres fortificadas, ou cruzes tortuosas como a serpente retorcida sobre a qual aprendemos na aula de Bíblia.

Ocasionalmente meu pai pousava a mão no meu ombro e me convidava para uma excursão guiada. Esta é a rara edição de Amsterdam. Aqui está o Talmud da editora da viúva Romm. Essas são as armas do reino da Boêmia, que desapareceu do mapa e não existe mais. Esta é uma encadernação feita em couro de veado; por isso é avermelhada, cor de carne. E aqui temos uma edição inestimável, impressa no ano da criação de 5493, ou seja, 1733. Possivelmente este mesmo volume já esteve na biblioteca do grande Rabi Moisés Haim Luzzatto — talvez ele mesmo o tenha folheado. Não existe outro igual, nem mesmo na seção de livros raros da Biblioteca Nacional do monte Scopus e — quem sabe? — talvez haja apenas mais uma dúzia de exemplares como este no mundo todo, ou talvez sete, ou menos ainda. (Essas palavras de meu pai me faziam pensar em Abraão barganhando com Deus acerca do número de homens justos em Sodoma.)

Daqui até aqui, grego. No andar de cima, latim, a língua de Roma antiga. Ali, ao longo de toda a parede norte, se estende o mundo eslavo, cujo alfabeto é um mistério para mim. Aqui estão as seções França e Espanha, e na prateleira de lá, com uma aparência escura e séria, como se envergassem ternos de cerimônia, os representantes do mundo germânico cochicham entre si, sozinhos no seu canto. (Letras encaracoladas e recurvas, "letras góticas", disse meu pai, sem maiores explicações, e essa escrita gótica me parecia um sinistro labirinto de caminhos que se entrecruzam.) E ali, numa estante envidraçada, se espremem, apinhadas, as coleções de textos dos antepassados: dos nossos pais e dos pais dos nossos pais (nunca as mães — só pais e pais dos pais, antigos fantasmas): a *Mishná* e as duas versões do Talmud, o da Babilônia e o de Jerusalém, e comentários, poemas litúrgicos, perguntas e respostas, parábolas, o *Midrash*, o *Guia dos perplexos*, a *Mehiltá* e o *Zohar*, a *Halahá*, *O mestre da sabedoria*, *A rocha da salvação*, *Relatos exemplares*, *O caminho da vida*. Aqui havia uma espécie de subúrbio escuro, estranho e soturno, como um rebanho de miseráveis casebres amontoados, iluminados pela luz fraca de um lampião; e, no entanto, não eram inteiramente estranhos para mim esses parentes distantes, pois mesmo com títulos bizarros como *Tosaftá*, *Iossifón*, *A mesa posta* ou os *Os deveres dos corações*, eram escritos em letras hebraicas, o que me dava um certo direito de especular sobre o que estaria posto naquela mesa, ou quais os deveres impostos àqueles corações.

Vinham então as seções de história: quatro estantes abarrotadas, numa das quais se espremiam alguns livros-refugiados, recém-chegados, como se ainda não tivessem encontrado um local de descanso e tivessem que se contentar em apoiar-se precariamente nos ombros de seus predecessores veteranos. Duas dessas quatro estantes se dedicavam à história das nações, e duas à história do povo de Israel. Na história geral encontrei, na prateleira inferior, a aurora da humanidade, o início da civilização (com ilustrações aterrorizantes), e acima dos primórdios da civilização ficava a história antiga, e acima dela a Idade Média (com desenhos de gelar o sangue, médicos de aventais escuros e máscaras demoníacas curvados sobre as vítimas moribundas da peste negra). E acima desta, banhados pela luz do sol, a Renascença e a Revolução Francesa, e mais alto ainda, tão alto que quase tocavam o teto, os livros sobre a Revolução de Outubro e as duas guerras mundiais, que eu me esforçava por estudar, tentando aprender por meio do exame minucioso dos erros cometidos pelos generais e comandantes. Tudo o que eu não conseguia ler por estar em língua estrangeira, mesmo assim eu examinava página por página, numa busca incansável de desenhos, ilustrações e mapas. Muitas destas estão gravadas na minha memória até o dia de hoje: O Êxodo do Egito. A queda das muralhas de Jericó. A Batalha das Termópilas: densas florestas de dardos, lanças e punhais, capacetes refletindo a luz do sol. O mapa das viagens de Alexandre, o Grande, com setas arrojadas se estendendo desde as fronteiras da Grécia até a Pérsia e mesmo a Índia. E um desenho mostrando hereges sendo queimados na praça central de uma cidade, com as labaredas já a lhes lamber os pés, e, contudo, seus olhos estão fechados com devoção e contrição espiritual, como se ouvissem, por fim, a música celeste. E a expulsão dos judeus da Espanha: massas de refugiados carregando fardos e cajados, amontoados num navio decrépito balançando num mar tempestuoso, fervilhando de monstros que parecem felizes com o destino daqueles judeus banidos. Ou uma descrição detalhada da diáspora do povo judeu no Oriente, com grossos círculos em torno de Salonica, Esmirna e Alexandria. Um belo desenho colorido de uma antiga sinagoga na cidade de Alepo. E comunidades longínquas de judeus dispersos brotando nas margens do mapa, no Iêmen, em Cochim, na Etiópia (que naquele tempo ainda se chamava Abissínia). E uma figura de Napoleão em Moscou, e de novo Napoleão no Cairo ao pé das pirâmides: um homem pequeno, gorducho, com um chapéu de três bicos parecido com os *oznei Haman*, os pasteizinhos que comíamos em Purim, uma das mãos apontando impávida para a vastidão do horizonte, abraçando o mundo, enquanto a outra mão, a tímida, se esconde nas dobras do casaco, ela que não gosta de sair. E as lutas dos Hassidim com seus opositores: retratos de rabinos irados. Um mapa detalhado da expansão das cortes dos rabinos hassídicos, em comparação com as tênues linhas de defesa onde se entrincheiravam seus renitentes opositores. E histórias das navegações e descobrimentos, frotas de caravelas cujas proas entalhadas atravessavam arquipélagos e estreitos desconhecidos, continentes inacessíveis, impérios, a muralha da China, palácios do Japão de onde nenhum estrangeiro jamais saiu vivo, e crianças selvagens enfeitadas de penas ou com ossos atravessados no nariz. E mapas dos caçadores de baleias, dos mares gelados do Norte, e o mar de Behring e o Alasca e a baía de Murmansk. E aqui está Theodor Hertzl apoiado numa balaustrada de ferro, olhando por sobre as águas do lago que se estende a seus pés, sonhador e orgulhoso. Logo atrás de Hertzl aparecem os primeiros pioneiros chegando às praias de Eretz Israel, poucos, frágeis, amontoados como carneiros abandonados numa paisagem desolada, nada além de areia e, num canto, uma única e solitária oliveira. E um mapa das primeiras colônias judaicas: um hectare aqui, outro lá, *dunams* esparsos, porém de mapa em mapa vão se multiplicando, e de tabela em tabela, se fortalecendo. E eis aqui o camarada Lênin, de boné, discursando para a multidão exaltada que gesticula para ele, todos brandindo o punho cerrado. Este Lênin me parece um pouco o nosso dr. Chaim Weitzmann, que não para de se desculpar aos ingleses, em vez de lhes desfechar um belo golpe. (E o sargento Dunlop? Desfechar-lhe um golpe também?) E aqui está o mapa dos campos de concentração nazistas, com fotografias de judeus-esqueletos, sobreviventes. E aqui estão planos de batalhas famosas, Tobruk, Stalingrado, Sicília, e aqui, por fim, marcha a Brigada Judaica, soldados hebreus com a estrela de davi aplicada na manga, na África, na Itália, e fotos dos primeiros kibutzim, nada mais que uma torre e uma paliçada, nas colinas, no deserto, nos vales, pioneiros intrépidos montados em cavalos ou tratores, com um rifle atravessado diante do peito, rostos calmos e corajosos.

Eu fechava o livro e o recolocava no seu exato lugar. E tirava outro, e de novo folheava, procurando, especialmente, desenhos, ilustrações e mapas. Depois de uma hora ou duas eu já estava ligeiramente embriagado, pantera inquieta no porão, repleta de juramentos e promessas, sabendo exatamente o que me cabia fazer, e a que eu devotaria minha vida, e em nome do que, também, eu a sacrificaria quando chegasse a hora da verdade.

Logo no início do grande atlas alemão, antes ainda do mapa da Europa, havia um deslumbrante mapa do universo inteiro, com nebulosas se estendendo para longe, além dos limites da imaginação, e vastidões intermináveis de estrelas desconhecidas. A biblioteca de meu pai se parecia com esse mapa do universo: continha planetas familiares, mas também nebulosas enigmáticas, lituano e latim, ucraniano e eslovaco, e até mesmo uma língua muito antiga chamada sânscrito. E havia o aramaico, e havia a língua iídiche, que era uma espécie de satélite do hebraico, uma lua pálida, marcada por cicatrizes, vagando lá em cima em meio a farrapos de nuvens. E havia ainda, a anos-luz de distância do iídiche, mais e mais universos, onde brilhavam, por exemplo, os feitos de Gilgamesh, o Upanishad, os poemas de Homero, e *Sidharta*, e poemas maravilhosos chamados, por exemplo, *Canção dos Nibelungos*, *Hiawata*, *Kalevala*. Nomes musicais que despertam um grande prazer bem na ponta da língua quando rolados para dentro, quando você os pronuncia internamente, num sussurro, só para você mesmo: Dante Alighieri, Montesquieu, Chaucer, Aristófanes, Til Eulenspiegel. Reconheço cada um pela cor da capa, pela encadernação e pelo seu lugar em sua própria galáxia, e sei quem são os seus vizinhos.

E você? Quem é você dentro de todo esse universo? Uma pantera cega. Um selvagem ignorante. Um garoto metido, bagunceiro, que passa o dia todo perambulando no bosque Tel Arza. Um infeliz joguete nas mãos de um infeliz Ben Hur. Em vez de me trancar imediatamente, a partir de hoje, a partir desta manhã, aqui entre estes livros.

Por dez anos?

Trinta?

Ofegante, mergulhando no poço, matando uma charada após a outra?

Como é longa a jornada, quantos milhares de segredos ocultam estes livros, dos quais até mesmo os nomes você mal consegue decifrar. Pois você nem imagina onde encontrar a ponta do primeiro elo da corrente do chaveiro que prende a chave da caixa que contém a chave do cofre onde, talvez, espera por você a chave do pátio mais externo do mais distante arrabalde.

Em primeiro lugar preciso superar a barreira dos algarismos romanos. Minha mãe disse que em menos de meia hora poderia me ensinar a usá-los. Depois disso, se eu a ajudasse a lavar a louça do jantar, prometeu me ensinar também o alfabeto cirílico. Ela calcula que isso deve levar uma hora, uma hora e meia. Meu pai, por sua vez, garante que o alfabeto grego é muito parecido com o cirílico.

Depois eu aprenderia também o sânscrito.

E aprenderia um outro dialeto, que meu pai chamava de *Hoch Deutsch*, e traduzia como "alto-alemão".

O nome "alto-alemão" tinha um sabor de épocas passadas, de cidades muradas com pontes levadiças de madeira, que à aproximação do inimigo eram suspensas por correntes até encostar no grande portão guardado por dois torreões gêmeos, cada um encimado por uma espécie de chapéu redondo e pontudo. Entre as muralhas dessas cidades viviam frades eruditos com vestes negras e a cabeça raspada, noite após noite lendo e estudando e escrevendo à luz de uma vela, ou de uma lâmpada de óleo, que lá de dentro de um nicho vai filtrando sua luz pela grade. Serei como eles: cela, nicho, grade, vela noturna, mesa, livros empilhados, silêncio.

As estantes de livros reduziam bastante o tamanho do quarto, que de saída já não era grande. Aqui, abaixo das fileiras de livros, ficava a cama dos meus pais. À noite eles a abriam para dormir, e de manhã a fechavam como um livro, enfiando toda a roupa de cama dentro da sua barriga e assim a transformando num sofá forrado de pano verde. Em cima do sofá havia cinco almofadas bordadas, que me serviam para representar as cinco colinas de Roma sobre as quais eu avançava com os exércitos de Bar Kochba até os pés da colina do Capitólio e subjugava o Império romano. Outras vezes as almofadas representavam as fortificações a cavaleiro das colinas que protegiam a passagem para o Neguev, ou baleias brancas que eu perseguia pelos sete mares até o litoral da Antártida.

Entre o sofá-cama e a escrivaninha do meu pai, e entre a escrivaninha e a mesa do café e os dois banquinhos esmaltados, e entre estes e a cadeira de balanço da minha mãe havia apenas canais, ou estreitos, que confluíam no tapetinho trançado ao pé da cadeira de balanço. Esse arranjo da mobília me oferecia oportunidades fascinantes de empreender manobras com minhas esquadras e meus exércitos, assaltos frontais ou penetrações de patrulhas pelos flancos, emboscadas e combates obstinados da Resistência em áreas densamente povoadas.

Meu pai pôs o pacote secreto no lugar que habilmente escolhera, em meio à longa fileira uniforme de uma antologia de joias da literatura mundial em tradução polonesa. Essa coleção era encadernada em um tom claro de marrom, assim o pacote ficava camuflado e quase não se podia notá-lo entre os livros. Como um dragão de verdade em meio a uma densa floresta tropical repleta de árvores gigantes, todas parecidas com dragões. Ele voltou a nos avisar, a mim e a minha mãe: "Não tocar. Não chegar perto. De agora em diante fica inacessível a biblioteca inteira. Quem precisar de um livro, queira, por obséquio, dirigir-se a mim". (Achei isso um insulto. Minha mãe, sim, poderia errar, ou se distrair enquanto espanava as estantes. Mas eu?! Que conhecia de cor todas as seções da biblioteca?! Que poderia localizar cada divisão, cada desvão e distrito, até de olhos vendados?! Pois eu me orientava ali quase tão bem quanto meu pai. Como uma jovem pantera na selva em que nasceu e foi criada.) Decidi não discutir. Amanhã, antes das oito horas, os dois sairão para o trabalho e eu serei o alto comissário de todo este reino. Incluindo a morada do dragão. Incluindo o próprio dragão.

18.

Na manhã seguinte, no mesmo instante em que a porta se fechou atrás deles, eu me aproximei da prateleira e fiquei à distância de uma respiração, sem tocar. Tentei perceber se o pacote exalava algum leve cheiro químico — ou pelo menos o vestígio de um cheiro. Mas apenas os odores da biblioteca, aromas civis de cola, de tempos passados e de poeira me rodeavam. Voltei para a cozinha para guardar os restos do café da manhã na geladeira e na pia. Lavei a louça e a pus para secar. Fui de aposento em aposento fechando as venezianas e as janelas contra as investidas do verão. Depois comecei a patrulhar, indo e voltando, pantera no porão, a rota entre a porta da frente e o esconderijo. Sentia-me totalmente incapaz de voltar aos planos de ataque à sede do governo, com que me ocupara até ontem: aquele pacote marrom fantasiado de joia literária em polonês, cochilando inocentemente na prateleira, me arrebatava o coração como se nele crepitassem brasas vivas.

No começo as tentações foram fracas, tímidas, de olhos baixos e recatados, mal se atrevendo a insinuar para mim o que eu realmente queria. Mas aos poucos foram se tornando mais audaciosas, mais e mais explícitas, já lambem o couro das minhas sandálias, me fazem cócegas na palma das mãos, são afoitas, me lançam piscadelas, me puxam desavergonhadamente pela manga.

As tentações se parecem com uma saraivada de espirros — também elas começam do nada, levíssimas cócegas na base do nariz, e logo se avolumam e nos arrastam, irresistíveis. Em geral a tentação começa com uma pequena patrulha de reconhecimento do terreno, pequeninas ondulações de uma sensação vaga, indefinida, e antes que você consiga compreender o que essa sensação quer de você, ela já vai se espraiando e contaminando-o, penetrando aos poucos, como um aquecedor elétrico que vai acendendo, quando a espiral ainda está cinzenta e começa a produzir pequenos estalidos, depois enrubesce muito de leve, ganha um tom colérico de vermelho, e só então arde e flameja, rubra e furiosa, e você se enche de uma espécie de embriaguez desenfreada; e daí, que importa, por que não, que mal pode fazer, como um som abafado porém feroz e impetuoso que vem lá de dentro, adulando-o, implorando a você: Por favor, vamos, que importa, que diabos, por que não, só chegar a ponta do dedo bem pertinho do pacote secreto. Só sentir sem tocar, só captar com os poros da pele, perto da unha, a emanação invisível que vier lá de dentro. Será morno? Será frio? Será que vibra de leve, como a eletricidade? Na verdade, que importa, que diabos, por que não, o que pode acontecer com um toque rapidíssimo, uma vez só? Levíssimo? Bem depressa? Afinal, é apenas o envoltório externo, neutro, impassível, um embrulho como qualquer outro, duro (ou macio?), liso (ou só um pouquinho áspero, como o feltro verde daquela mesa de bilhar?), plano (ou talvez não perfeitamente plano — ondulações invisíveis que podem dar ao seu dedo sabe-se lá que indícios?). Que mal pode fazer um toque? Muito de leve, mal encostando no pacote? Como se toca num banco ou numa cerca onde se lê "tinta fresca".

E pensando bem, por que não algo mais que um toque: uma apertadinha cautelosa. De leve. Como um médico que apalpa cuidadosamente a barriga para saber onde dói, e se está flácida ou enrijecida. Ou como os dedos que sentem cuidadosamente uma pera: estará madura? Verde? Quase madura? E, na verdade, por que o temor de tirar rapidamente o pacote da prateleira? Só por dez segundos? Ou menos, só para sentir o peso nas mãos? Descobrir se é leve ou pesado? Apertado? Folgado? Rijo? Fofo? Será que é como um dicionário? Ou como folhas de jornal? Ou como um frágil objeto de vidro embalado e acolchoado com palha, algodão, serragem, e assim você sente a maciez do embrulho, e através dele a dureza do objeto? Ou seria recheado de um peso obtuso que o puxa para o chão, como uma arca de chumbo? Ou será que vai se revelar algo peludo, que reage aos seus dedos através do papel de embrulho marrom, cedendo na palma de suas mãos como uma almofada? Ursinho de pelúcia? Gato? Afinal, o que pode ser? Só a sombra de um toque, vamos, só um beijo com a ponta do dedo, só uma encostadinha de leve, como a leve névoa, como leves lábios, só um pequenino afago que nem chega a ser afago, assim, sim, e depois uma encostadinha de dedo, uma apertadinha bem leve, delicada, e um empurrãozinho bem rápido, e tirá-lo ligeiro do meio dos livros para sentir os dois lados do pacote e deslizar os dedos até a fita colante, e, que diabos, que importa, por que não, tirá-lo logo da estante e segurá-lo nos braços por um momento, como um combatente carregando um camarada ferido na batalha, só que, pelo amor de Deus, com cuidado para não tropeçar na mobília, não esbarrar em nada, não deixar escapar das mãos, e Deus me livre, não esquecer qual lado estava para cima. E lembre-se de usar o lenço, para não deixar impressões digitais, e depois trocar de lenço, antes que você absorva alguma radiação.

O pacote acabou se revelando frio e bem duro, retangular, exatamente como um livro embrulhado em papel de embrulho, liso mas não escorregadio. Também seu peso parecia o de um livro grosso: mais leve do que a *Concordância*, mas um pouquinho mais pesado do que o *Léxico geográfico*.

E assim, esperava eu, terminamos. Eu estava livre. As tentações tiveram seu banquete e agora podiam ir-se embora, satisfeitas, e eu podia por fim voltar ao meu trabalho.

Puro engano.

Pelo contrário.

Como uma matilha de cães selvagens que sentiram o cheiro de carne e de sangue: exatamente porque você os deixou sentir o gosto, os cachorros se transformaram em lobos. Dez minutos depois que pus o pacote de volta no seu lugar, as tentações me atacaram inesperadamente num flanco exposto:

Chamar Ben Hur para vir até aqui.

Revelar-lhe o segredo do que estávamos escondendo aqui em casa. E se ele não acreditasse, eu lhe mostraria o pacote e o deixaria de tal maneira assombrado que finalmente, uma vez apenas, eu pudesse ver com os meus próprios olhos a indiferença aparente do leopardo se transformando num atônito espanto. Aqueles lábios finos e tirânicos, preguiçosos demais para se abrir, haveriam de se escancarar de assombro. Imediatamente, assim como a bruma da manhã se dissolve ao calor do sol, o caso do Café Orient Palace iria se derreter. Eu o obrigaria a jurar nunca revelar o que tinha visto. Nem mesmo a Tchita. E, de qualquer forma, ele só teria a permissão de dar uma única olhada no pacote, e então teria que esquecer imediatamente o que vira.

Mas ele não iria esquecer. Nunca. E assim, à sombra da ameaça da prisão que daquele momento em diante pairaria sobre nós dois, mais uma vez estaríamos unidos por uma forte amizade, de coração aberto. Como Davi e Jonatan. Juntos iríamos espionar e descobrir segredos. E também iríamos juntos aprender inglês com o sargento Dunlop, pois quem domina o idioma do inimigo, domina também os pensamentos dele.

De repente tive a sensação estranha, quase insuportável, de que aqui, sozinho nesta casa a manhã toda e a tarde toda, eu era o único governante de um furacão arrasador que dormitava dentro de um pacote aparentemente inocente, muito bem camuflado naquela prateleira entre as joias da literatura mundial.

Não. Trazer Ben Hur até aqui era fora de cogitação. Eu faria aquilo sozinho. Sem ele.

Lá pelo meio-dia estouraram tentações novas, loucas como uma tempestade de raios e trovões a revolver meu peito e meu estômago. Tudo está agora em seu poder. De agora em diante, se você realmente quer, tudo é possível. Tudo depende da sua vontade. Pegue esse pacote único e singular. No seu lugar você pode pôr na prateleira, entre as obras-primas da literatura, outro pacote igualzinho, apenas um livro embalado num papel idêntico, e ninguém vai perceber. Nem meu pai.

E você, jovem guerreiro, levante-se e leve esse apetrecho mortífero na sua mala de escola direto para a sede do governo. Prenda-o com arame debaixo do carro do alto comissário no estacionamento. Ou espere por ele no portão, e quando ele sair, arremesse-o a seus pés.

Ou então: "Jovem hebreu de Jerusalém dá cabo à sua vida numa grande explosão, para despertar a consciência do mundo e protestar contra o assalto à sua pátria".

Ou talvez inocentemente pedir ao sargento Dunlop que ponha o presente no escritório do comandante do Serviço Secreto? Mas não: ele próprio bem poderia acabar se ferindo, ou então se comprometer.

Ou montar aquela carga explosiva, arrasadora, no nosso míssil e ameaçar varrer do mapa a cidade de Londres se Jerusalém não for libertada.

Ou eliminar Ben Hur e Tchita. Que lhes sirva de lição.

E assim por diante, até uma hora da tarde, quando de repente levantou a cabeça venenosa uma nova e aterrorizante tentação. E começou a roer, destruir, solapar cegamente dentro de mim como uma fuinha num túnel, demolidora, tenebrosa, uma tentação para o pecado e o crime. (Encontrei no dicionário a palavra certa para essa tentação que suga todos os freios e clama para cedermos ao chamado do pecado: chama-se "sedução". Como um cruzamento entre sedição e sucção.)

Esse impulso sedutor me agarrava implacavelmente, sem trégua, sugando-me o coração e o diafragma pelas costelas, penetrando nos meus recessos mais profundos, uma sedução medonha, que vai insistindo, me adulando, implorando, lançando piscadelas, prometendo entre sussurros febris a doçura das delícias corruptas, prazeres secretos que eu jamais experimentara, ou só provara em sonhos, a doçura mais terrível, o supremo alívio:

Sim, deixar o pacote em seu lugar entre as obras-primas. Não tocar nem mesmo com o dedo.

Sair. Trancar a casa. Ir direto para o Orient Palace.

Se ele não estiver lá, nada feito. Será um sinal. Mas se estiver, é sinal de que temos que seguir em frente, sinal de que aquela prometida doçura deveria transbordar e se materializar.

Contar a ele o que estava escondido em nossa casa.

Perguntar a ele o que fazer com aquilo.

Fazer o que ele dissesse.

Sedução.

Pouco antes das quatro horas houve um momento em que por pouco eu não...

Mas consegui resistir. Com mão de ferro. Em vez de ir

para o Orient Palace, comi um bolinho de carne com ervilhas que tirei da geladeira, e duas batatas, tudo frio: não tive paciência de esquentar. Depois fechei a porta do quarto dos meus pais pelo lado de fora e a porta do meu quarto pelo lado de dentro e me deitei, não na minha cama, mas no chão frio, no canto escondido entre a cama e o guarda-roupa, e ali, à luz listada que filtrava como uma escada de sombras pelas frestas da veneziana, fiquei lendo durante uma hora e meia. Já conhecia o livro: era sobre as expedições de Fernão de Magalhães e Vasco da Gama. Sobre ilhas, golfos e vulcões, e altiplanos recobertos por densas florestas.

19.

Nunca esquecerei a fisgada do medo: como um frio anel de aço apertando meu coração, que se debatia como um passarinho capturado. De madrugada bem cedo, depois do rapaz do jornal mas ainda antes do leiteiro, em meio aos primeiros pássaros, veio descendo pela rua um blindado britânico com alto-falante e me acordou, e acordou a todos nós. Em inglês e em hebraico, foi anunciado um toque de recolher — estávamos proibidos de sair de casa desde as seis e meia e até segunda ordem. Quem fosse encontrado na rua estaria arriscando a vida.

Descalço, com as pálpebras grudando, fui me deitar na cama dos meus pais. Estava gelado, não de frio, mas como se picado pela serpente do mau agouro: eles vão encontrar. Facilmente. Que esconderijo ridículo! Aliás, nem é esconderijo, é apenas um pacote de um tom claro de marrom enfiado numa fileira de livros encapados com um papel num tom menos claro de marrom. E se destaca entre os livros por ser mais grosso, mais alto e mais largo, como um bandido enrolado em panos grosseiros que se enfiou numa procissão de freiras. Meu pai e minha mãe seriam trancados no calabouço da praça dos Russos, ou arrastados para a prisão de Acre. Poderiam até ser exilados, algemados, em Chipre, ou nas ilhas Maurício ou na Eritreia, talvez até nas ilhas Seychelles. Aguda, penetrante e afiada, a palavra *exílio* se cravou no meu peito.

E o que eu faria sozinho neste apartamento, sabendo muito bem, como eu sabia, como ele era capaz de se transformar num instante e passar de pequeno e aconchegante a imenso e sinistro, nas noites, nas semanas, nos anos que vinham pela frente, sozinho em casa, sozinho em Jerusalém e sozinho no mundo, já que os avôs e avós (de ambos os lados) e os tios e tias que existiram tinham sido todos assassinados por Hitler, e a mim também iriam assassinar bem aqui no chão da cozinha quando chegassem e me arrancassem do meu pobre esconderijo no armário das vassouras. Soldados britânicos bêbados e antissemitas, ou hordas de árabes sedentos de sangue. Pois nós somos poucos e estamos com a razão, e sempre tivemos razão mas sempre fomos poucos, cercados por todos os lados e sem ter um só amigo no mundo. (Exceto o sargento Dunlop? Que você continua a espionar, de quem você rouba segredos. Traidor, traidor. E perdido.)

Ficamos ali deitados na cama por alguns momentos, nós três. Não falamos. Até que veio a voz calma de meu pai, uma voz que pareceu desenhar na escuridão do quarto um cordão de prudência e bom senso. Disse:

"O jornal. Ainda temos mais trinta e dois minutos. Decerto ainda tenho tempo de sair e trazer o jornal."

Minha mãe disse:

"Fique, por favor. Não saia."

Eu concordei, mas tentei fazer minha voz parecida com a dele e não com a dela:

"É verdade, papai, não saia. Decididamente, não é racional arriscar-se por causa de um jornal."

Momentos depois ele voltou, ainda de pijama azul e sandálias pretas, e nos dirigiu um sorriso tímido, mas vitorioso, como se tivesse voltado da selva onde caçara um leão para nós. E entregou o jornal para minha mãe.

Ajudei-os a dobrar a cama, que assim que se fechava fingia ser apenas um respeitável sofá: nada de suspeito ali, nem ouse imaginar que ali há também um espaço interno totalmente privado, lençóis, cobertores, fronhas, travesseiros e uma camisola. Nunca existiram, não sabemos de nada.

Pus as cinco almofadas no sofá, espaçando-as com precisão. Arrumei também minha cama. Nós três ainda conseguimos tomar banho, nos vestir, pôr tudo no lugar, estender a toalha de mesa e até esconder os chinelos da minha mãe debaixo do sofá, e o tempo todo, por um acordo tácito, nós três nos esmerávamos em não olhar nem uma vez sequer na direção do pacote, o qual por algum motivo tinha decidido durante a noite se tornar extremamente visível. Destacava-se entre as joias da literatura mundial em polonês como um soldado desengonçado que surge de repente na chamada matinal dos alunos do ginásio. Bem no momento em que minha mãe ia arrumar as flores no vaso e meu pai trocava o papel do mata-borrão na sua escrivaninha e eu fora enviado à cozinha para pôr a mesa, veio a batida na porta. Uma voz inglesa perguntou se havia alguém em casa, por favor. Meu pai respondeu imediatamente, também em inglês, e também educadamente:

"Pois não. Um momento, por favor."

E abriu a porta.

Fiquei surpreso de ver que eram apenas três: dois soldados rasos (um deles tinha uma queimadura que lhe deixava a metade do rosto vermelha, parecendo carne de açougue), e com eles um jovem oficial de peito estreito e rosto comprido. Os três usavam shorts longos e meias cáqui que quase encontravam o short na região dos joelhos. Os dois soldados estavam armados de *tommy guns* com o cano apontado para baixo, como se humildemente baixassem os olhos, sentindo vergonha, e com razão. O oficial segurava uma pistola, também apontada para o chão; parecia direitinho a pistola do sargento Dunlop. (Quem sabe não eram seus conhecidos? Amigos? E se eu lhes dissesse logo que era amigo do sargento? Será que abandonariam a busca, e até sentariam conosco para tomar o café da manhã? Para conversar, para que finalmente pudéssemos abrir os olhos deles para as injustiças que estavam nos infligindo?)

As palavras "Entrem, por favor" meu pai pronunciou com cortesia especial e enfática. O oficial magro teve um instante de perplexidade, como se a cortesia de meu pai transformasse a busca neste apartamento num ato de extrema grosseria. Depois nos pediu desculpas por nos perturbar de manhã tão cedo, explicou que infelizmente era seu dever dar uma rápida olhada e se certificar de que estava tudo em ordem, e sem pensar, recolocou a pistola no coldre e o abotoou.

Houve um momento de hesitação, do lado deles e do nosso: não estava claro como proceder. Será que havia mais uma coisa que devia ser dita, do nosso lado ou do deles, para podermos prosseguir?

A jovem médica dra. Gryfius, do posto de saúde da rua Ovádia, antes da consulta sempre tinha grande dificuldade de encontrar as palavras certas para pedir que eu tirasse a roupa e ficasse de cueca. Eu ficava ali em pé, esperando com toda a paciência, e minha mãe junto, até que a dra. Gryfius arranjava coragem para dizer, num hebraico com sotaque germânico que soava como pedregulhos rolando na sua boca: "Porr faforr, tirrarr todas coisas, apenas non prrecisa tirrarr cueca". Quando dizia a palavra *cueca* era óbvio que ficava extremamente constrangida. Como se sentisse que deveria haver outra palavra, menos feia, bem menos incisiva (e, a meu ver, tinha razão). Pouco depois da fundação do Estado de Israel, a dra. Gryfius se apaixonou por um poeta armênio cego e o seguiu até Chipre; três anos depois ela voltou sozinha e reapareceu na nossa clínica. Com algo diferente — algo mais amargo, mais magro. Ainda que ela na verdade não tivesse emagrecido; encolhera, murchara. Mas já devo ter escrito que sem ordem não consigo viver, nem sequer adormecer. Assim, a dra. Magda Gryfius e seu poeta armênio cego e a flauta chamada *flüte* que ela trouxe quando voltou da cidade de Famagusta, e as estranhas melodias que ela por vezes tocava às duas ou três horas da manhã, e também seu segundo marido, que era importador de doces e inventor de um remédio contra a perda da memória, e também toda a questão das palavras adequadas e impróprias para as partes privadas do corpo e as peças íntimas do vestuário, tudo isso terá que esperar por uma outra história.

O oficial se virou respeitosamente para meu pai, como um aluno educado dirigindo-se ao professor:

"Às ordens. Faremos um esforço especial para sermos breves, mas enquanto isso infelizmente preciso pedir a vocês que não saiam deste canto."

Minha mãe disse:

"Aceita uma xícara de chá?"

O oficial se desculpou:

"Não, obrigado. Infelizmente estou em serviço."

E meu pai, em hebraico, na sua voz moderada e correta:

"Você está exagerando... isso passou da conta."

A busca em si não ganhou minha aprovação, do ponto de vista profissional. (Eu conseguira me esgueirar sub-repticiamente, cerca de um metro e meio, até chegar à quina do corredor, de onde tinha um posto de observação que dominava quase todo o apartamento.)

Os soldados espiaram debaixo da minha cama, abriram o

guarda-roupa do meu quarto, afastaram os cabides de roupa, deram umas mexidinhas em algumas prateleiras de camisas e roupas de baixo, olharam muito superficialmente a cozinha e o banheiro, concentraram-se por algum motivo na geladeira, examinaram a superfície que fica acima dela, por baixo e atrás; em dois lugares da casa inspecionaram a parede dando pancadinhas, enquanto o oficial examinava o corredor com os mapas de meu pai. O soldado de rosto queimado descobriu um cabide solto no vestíbulo e ficou mexendo nele para ver se estava solto mesmo, até que o oficial grunhiu que se não tivesse cuidado iria quebrá-lo. O soldado obedeceu e deixou o cabide em paz. Quando eles três entraram no quarto de meus pais, nós os seguimos. Pelo jeito, o oficial tinha se esquecido que nós devíamos ficar no canto do corredor. A extensão da biblioteca obviamente o surpreendeu, e com voz hesitante perguntou a meu pai: "Desculpe, mas isto aqui é uma escola? Ou um local de culto religioso?".

Meu pai imediatamente passou a lhe dar uma explicação, iniciando uma minuciosa visita guiada. Minha mãe ainda lhe cochichou: "Não vá se entusiasmar demais", mas em vão. Ele já ia sendo levado de roldão pela correnteza da maré pedagógica, e começou a explicar em inglês:

"Esta é uma biblioteca estritamente particular. Para fins de pesquisa, *sir*."

Parece que o oficial não entendeu. Perguntou educadamente se meu pai era um comerciante de livros. Ou um encadernador?

"Um estudioso, *sir*." Meu pai falava enfaticamente, sílaba por sílaba, naquele seu inglês eslavo. E acrescentou: "Sou historiador".

"Interessante", observou o oficial, ruborizando-se como se tivesse levado uma reprimenda.

Depois de um momento, recobrando a autoconfiança e talvez lembrando-se de sua patente e de sua tarefa, repetiu com firmeza:

"Muito interessante."

E perguntou se havia algum livro no idioma inglês.

Essa pergunta ofendeu meu pai, e também o instigou. Era como atirar munição viva numa fogueira. Como se, com um único tiro certeiro, o arrogante oficial tivesse ferido além do orgulho de meu pai, orgulho de estudioso e colecionador de livros, também o status histórico do nosso povo como um dos grandes povos da cultura universal. Será que aquele *gói* todo convencido achava que estava em alguma cabana de nativos numa aldeia da Malásia? Ou numa choupana de uma tribo de Uganda?

Imediatamente, arrebatado, exaltado, transbordando de entusiasmo como se defendesse a própria razão de ser do sionismo, meu pai começou a tirar das prateleiras livros em inglês, um após outro, anunciando bem alto seus títulos, a edição e a data da publicação, enfiando um por um nas mãos do oficial. Como se estivesse numa grave cerimônia, apresentando formalmente os visitantes mais antigos a um recém-chegado à festa. "Lord Byron, edição de Edimburgo. Milton. Shelley. Keats. Aqui está Chaucer em edição ilustrada. Robert Browning numa edição limitada, muito antiga. Este é o Shakespeare completo, baseado em Johnson, Stevens e Reid. E aqui, nesta prateleira, estão os filósofos: Bacon, Mill, Adam Smith, John Locke, o bispo Berkeley, e o único e incomparável David Hume. E aqui, numa edição comentada de luxo..."

O oficial parecia recuperado e mais tranquilo, e de vez em quando encontrava coragem para esticar um dedo cauteloso e tocar delicadamente nas casacas desses seus conterrâneos. Enquanto isso, meu pai, exaltado, no ardor do triunfo, ia e vinha entre as prateleiras e o visitante, puxando livros à esquerda e à direita, mais e mais, e os exibindo, derrotando inimigos aos milhares, logo mais às dezenas de milhares. Repetidas vezes minha mãe, lá do seu lugar perto do sofá, tentou chamar sua atenção, fazendo caretas desesperadas, mostrando que logo, logo ele acabaria por trazer o desastre para cima de nós, com suas próprias mãos.

Em vão.

Pois meu pai se esquecera de tudo. Esqueceu o pacote e a Resistência, esqueceu os sofrimentos do nosso povo, esqueceu os que se erguem contra nós de geração em geração para nos aniquilar, esqueceu-se de minha mãe e de mim. Estava transportado para as alturas inimagináveis de um êxtase missionário: se apenas conseguisse, por fim, convencer os britânicos, um povo basicamente ético e civilizado, de que nós, seus súditos sofredores aqui neste canto longínquo do Império, somos pessoas realmente maravilhosas, cultas, civilizadas, amantes dos livros, apreciadoras da poesia e da filosofia, então no mesmo instante eles sentiriam seu coração dar meia-volta, e todos os mal-entendidos desapareceriam. E então ficaríamos livres, por fim, tanto eles como nós, para sentarmos à mesa e conversarmos, olhos nos olhos, como se deve, sobre as coisas que constituem, no fim das contas, o significado e o propósito da vida.

Uma ou duas vezes o oficial tentou enfiar uma palavrinha em alguma brecha, fazer uma pergunta, ou talvez apenas despedir-se e tratar de continuar cumprindo seu dever, mas nenhuma força do mundo poderia deter meu pai em meio à sua exaltação: cego, surdo e fanático, ele continuava a revelar todos os tesouros ocultos do seu templo sagrado àqueles olhos estrangeiros.

Ao oficial magro só restava murmurar de tempos em tempos: "Indeed", ou: "How very exciting", como se fosse nosso prisioneiro e refém. Os dois soldados no corredor começaram a cochichar. O de rosto queimado lançava olhares apatetados para minha mãe. Seu colega dava risadinhas e se coçava. Minha mãe, por sua vez, havia agarrado a barra da cortina e seus dedos percorriam as pregas, desesperados, amassando, alisando, esticando dobra por dobra.

E eu?

Meu dever era encontrar alguma maneira secreta de avisar meu pai, que vinha aos poucos trazendo o oficial britânico na direção da prateleira fatídica. Mas como? Tudo o que consegui fazer foi, ao menos, não olhar para onde era melhor não olhar. E de repente o próprio pacotinho marrom foi atacado por um impulso indomável de assumir o espírito da traição: começou a sobressair entre os livros da antologia literária, como um canino afiado a se destacar entre os dentes de leite, parecendo fora de lugar e diferente dos outros, visível à distância pela cor, pela altura, pela grossura.

Naquele instante a sedução me agarrou de novo. Como me acontece às vezes nas trovejantes aulas de Bíblia do sr. Zerubavel Guihón, quando começa com uma fina irritação no peito, cócegas na garganta, um quase nada que vai escorregando para dentro e desaparece, e depois volta o calafrio e começa de novo a se avolumar e pressionar as comportas, em vão tento resistir mais um minuto, um segundo, mordo os lábios, rilho os dentes, enrijeço os músculos, porém a gargalhada explode como uma cachoeira no alto da montanha, e se precipita torrencialmente montanha abaixo e eu saio voando para fora da sala. A mesma coisa aconteceu naquela manhã da busca, só que não eram cócegas de riso, mas cócegas de traição. De sedução.

Como um espirro que vem chegando, começa a gotejar do cérebro e beliscar a base do nariz até trazer lágrimas aos olhos, e mesmo que você tente sufocá-lo, é óbvio que ele virá. Tem que acontecer. Dessa maneira comecei a dirigir o inimigo para o pacote que a Resistência pedira que escondêssemos. O pacote que, aparentemente, continha o dispositivo detonador da bomba atômica judaica, a bomba que tinha o poder de nos libertar, desde agora e até o fim dos tempos, do destino de sermos para sempre os cordeiros abandonados, o rebanho à mercê do predador, ovelha entre setenta lobos.

"Quente", falei.

E logo:

"Mais quente." "Esfriando." "Morno." "Frio outra vez." "Gelado."

E pouco depois:

"Esquentando." "Quente." "Mais quente." "Quase fervendo."

Não consigo explicar. Até hoje. Pode ser um vago desejo de que a coisa termine, de que aconteça aquilo que tem que acontecer. Que não mais nos ameace como uma pedra suspensa por um fio sobre nossas cabeças. Ou como extrair um dente do siso: que aconteça logo de uma vez. Que aconteça logo e pronto.

Pois cansa.

Pois quanto tempo dá para suportar?

E, no entanto, minha responsabilidade levou a melhor. Meus frios e quentes não falei em voz alta, mas apenas por dentro, na gaiola dos meus lábios selados.

Com delicadeza, o oficial inglês depositou na mesa de café a montanha de livros que fora empilhada em seus braços e quase lhe chegava ao queixo. Agradeceu a meu pai duas vezes, pediu desculpas de novo a minha mãe pelo desagradável incômodo e censurou em voz baixa um dos soldados que estava encostando o dedo num mapa. Ao sair, quando já tinham passado pela porta mas antes que esta se fechasse, virou-se para mim e de repente me deu uma piscadela, como dizendo: O que se pode fazer?

E lá se foram.

Dois dias depois o toque de recolher geral foi cancelado e mais uma vez vigorava apenas o toque de recolher noturno. Correu pela vizinhança um boato: haviam encontrado na casa dos

Vitkin, do sr. Vitkin do Barclay's Bank, um pente de balas de pistola. Contavam que ele fora levado algemado para a praça dos Russos. E passado um ou dois dias, o pacote marrom desapareceu do seu lugar entre as joias da literatura mundial. Evaporou-se. Nenhum espaço restou entre os livros. Como se não tivesse acontecido. Como um sonho.

20.

Já falei da gaveta de remédios trancada e da função da minha mãe na Resistência. Nas noites em que vigorava o toque de recolher, quando eu acordava com o som de tiros ou com o tremor abafado de uma explosão, por vezes tentava não adormecer de novo, mesmo que o silêncio voltasse. Tenso, ficava ali deitado na esperança de captar o som de passos cautelosos na calçada sob a minha janela, o raspar da porta, as vozes sussurradas no vestíbulo, os gemidos de dor abafados por dentes cerrados. Meu dever era não saber quem tinha sido ferido. Não ver, não ouvir nada, nem tentar imaginar o colchão extra sendo aberto no chão da cozinha no meio da noite, para desaparecer ainda antes do raiar do dia.

Durante todo aquele verão, esperei. Nenhum combatente ferido apareceu.

Quatro dias antes do fim das férias de verão, antes de eu começar a sétima série, meus pais foram a Tel Aviv para participar de uma comemoração que reuniria as pessoas da cidadezinha de onde vieram.

Minha mãe disse:

"Preste atenção. Yardena se ofereceu para dormir aqui hoje e tomar conta de você, pois vamos passar a noite em Tel Aviv. Seja um menino de ouro. Não a aborreça. E trate de ajudar. E coma tudo o que houver no seu prato. Lembre-se que neste mundo morreram crianças que teriam vivido mais uma semana se tivessem comido apenas os restos que você deixa no prato."

Bem lá dentro, no chão da barriga existe um poço que a ciência ainda não descobriu, e a esse poço acorre todo o sangue que foge da cabeça, do coração, dos joelhos, e lá, no fundo do poço, o sangue se torna um oceano, e ruge como o oceano.

Juntei o que restava da minha voz e respondi, dobrando em dois, em quatro, em oito o jornal em cima da mesa:

"Vai dar tudo certo. Podem ir."

E tentei, mas não consegui, dobrar o jornal mais uma vez.

A pergunta que eu estava me fazendo enquanto dobrava o jornal era se a ciência já tinha inventado, ou, em caso negativo, se eu mesmo seria capaz de inventar, dentro de uma ou duas horas, uma maneira de fazer uma pessoa desaparecer sem deixar traços por umas vinte e quatro horas, aproximadamente. Sumir. Não existir. Mas não se transformar num vazio como, digamos, o espaço entre as estrelas; não, desaparecer e, contudo, continuar aqui, vendo e ouvindo tudo. Ser eu, e também ser uma sombra. Estar presente sem estar presente.

Pois o que eu faria na presença de Yardena? Para onde levar minha vergonha? E ainda por cima aqui, na nossa casa? Deveria lhe pedir perdão? Antes ou depois de descobrir (e de que jeito você vai descobrir, seu tolo?) se ela havia olhado e notado, ou não notado, que alguém a observava de um teto do outro lado da rua? E se ela notou, será que reconheceu quem a observava? Será que eu tenho, mesmo, que reconhecer? E se tiver que reconhecer, como convencê-la de que foi por acaso? Que na verdade eu não vi nada. Que eu decididamente não era o notório pervertido dos telhados de nosso bairro, sobre quem as pessoas falavam aos cochichos e a quem tentavam apanhar fazia vários meses, sem sucesso. E que quando eu a vi (só uma vez! só por uns dez segundos!) meu objetivo não era seu corpo, mas as tramoias do governo britânico. E que foi só por acaso. (E o que foi por acaso? O que foi que eu vi? Nada. Uma faixa escura, uma faixa clara, uma faixa escura.) E talvez inventar uma mentira? Qual mentira? E como? E aqueles pensamentos que me vinham sobre ela desde então?

É melhor calar a boca.

É melhor eu e ela tentarmos fingir que aquilo que houve não houve. Da mesma forma como meus pais calaram sobre o pacote que ficou escondido aqui enquanto duraram as buscas. Da mesma forma como eles calam sobre muitos outros assuntos: silêncios que são como mordidas.

Meus pais saíram às três horas, não sem antes extrair de mim uma série de promessas: lembre-se, tome cuidado, não se esqueça, preste atenção, de maneira nenhuma, e principalmente, e Deus nos livre. E ao partir, disseram:

"A geladeira está cheia de coisas gostosas, e não se esqueça de mostrar a ela onde está cada coisa, e seja prestativo, e ajude, e não a aborreça. Não se esqueça de dizer a ela que o sofá do nosso quarto já está aberto e arrumado para ela dormir, e que há um bilhete para ela na cozinha, e que a geladeira está cheia, e que você tem que estar na cama antes das dez, e lembre-se de trancar a casa com as duas chaves, e peça a ela que apague as luzes."

Fiquei sozinho. Esperei. Cem vezes passei de quarto em quarto me certificando de que tudo estava limpo e arrumado, e nada fora de lugar. Eu tinha medo, e também um pouco de esperança, de que ela tivesse esquecido que prometera vir. Ou que não conseguisse chegar antes do início do toque de recolher, e assim eu ficaria sozinho a noite inteira. Depois tirei do guarda-

-roupa o cesto de costura da minha mãe e costurei um botão da minha camisa, não porque tivesse caído, mas porque estava um pouco frouxo e eu não queria que caísse justamente quando Yardena estivesse aqui. Depois joguei fora os fósforos usados que guardávamos numa caixinha separada ao lado dos novos, para reutilizar, como medida de economia, para acender os fogareiros de querosene depois de acender o forno ou vice-versa. Esses fósforos usados, eu os escondi bem lá no fundo, atrás dos temperos, porque não quis que Yardena os visse e pensasse que nós éramos pobres, ou mesquinhos, ou não muito limpos. Depois parei na frente do espelho grande do lado de dentro da porta do guarda--roupa, respirando um restinho do cheiro da naftalina que sempre havia no guarda-roupa e sempre me lembrava o inverno. Olhei para o espelho e tentei enxergar de uma vez por todas, com um olhar absolutamente objetivo, como meu pai exigia, o que as pessoas viam quando me olhavam.

O que veem as pessoas? Veem um garoto pálido, magro e anguloso, com um rosto que muda a cada segundo e olhos inquietos.

Será o rosto de um traidor?

Ou de uma pantera no porão?

Senti uma pontada de dor por Yardena já ser quase adulta.

Ah, se ela pudesse me conhecer de verdade, descobriria que sou prisioneiro dentro desta casca de garoto falante, mas que bem lá dentro, espiando...

Não. Melhor parar por aqui. Pois a palavra *espiar* ainda arde como um tapa na cara. Que eu bem merecia. Se por acaso Yardena quiser me dar meu tapa esta noite, aproveitando a oportunidade, bem que vou ficar aliviado. Tomara que ela tenha esquecido e que não venha nunca, pensei, e corri para espiar — não, espiar não —, observar, do canto da janela do banheiro, pois dali dava para ver quase até o armazém dos irmãos Sinopsky lá na esquina.

E já que eu estava no banheiro, decidi lavar o rosto e o pescoço, não com o sabonete comum que meu pai e eu usávamos, mas com o sabonete perfumado de minha mãe. Depois passei uma água no cabelo, penteei-me e refiz a risca de lado, e logo comecei a abanar a cabeça com o jornal, para o cabelo secar depressa, pois o que aconteceria se Yardena chegasse bem agora e percebesse que eu tinha molhado o cabelo por sua causa? Também cortei um pouquinho as unhas, apesar de já tê-las cortado na sexta-feira, só por segurança, mas me arrependi, pois agora estavam tão curtas que pareciam roídas.

Assim esperei até nove minutos antes das sete, quando o toque de recolher estava quase começando.

Desde aquele dia, várias vezes na vida me aconteceu de ficar esperando por uma mulher e perguntar a mim mesmo se ela virá ou não, e se vier, o que faremos, e qual a minha aparência, e o que dizer a ela, mas nenhuma espera foi tão tensa e cruel como a daquele dia, em que Yardena quase não veio.

Escrevi as palavras "esperando por uma mulher" porque Yardena então tinha quase vinte anos e eu tinha doze anos e três meses, o que era apenas sessenta e dois por cento da idade dela, isto é, entre mim e ela havia uma distância de trinta e oito por cento, conforme calculei a lápis numa ficha em branco da escrivaninha de meu pai, enquanto a hora já ia se aproximando das sete e do toque de recolher, e eu já me convencera de que era isso mesmo, tudo perdido, que Yardena me esquecera, e com razão.

Pelos meus cálculos, a coisa era assim: daqui a dez anos, quando eu atingisse a idade de vinte e dois anos e três meses, e Yardena tivesse trinta, eu ainda teria apenas setenta e quatro por cento da idade dela, o que decerto é melhor do que os atuais sessenta e dois por cento, mas ainda assim ridículo. Com o passar dos anos, a distância entre nós dois iria se reduzindo (em porcentagem); mas o doloroso é que esse intervalo iria se reduzindo cada vez mais devagar. Tal como um corredor de maratona exausto. Por três vezes repassei os cálculos, e por três vezes o intervalo se reduzia cada vez mais devagar. Parecia-me injusto e ilógico o fato, revelado pelos cálculos, de que nos próximos anos eu iria avançar e me aproximar dela aos saltos de dezenas de pontos percentuais, e nos anos da nossa meia-idade e velhice o espaço percentual entre mim e ela só diminuiria a passos de tartaruga. E por quê? E será que algum dia esse intervalo não poderia se fechar de uma vez? Nunca? (Leis da natureza. Certo. Eu sei. Mas minha mãe, quando me contou a história da veneziana azul, disse que antigamente as leis da natureza eram completamente diferentes. Houve épocas em que a Terra ainda era plana e o Sol e as estrelas ainda giravam ao seu redor. Agora só nos restou a Lua, que continua girando em torno de nós, e quem sabe se algum dia essa lei também não será revogada. De onde se conclui que as mudanças em geral são mudanças para pior, e não para melhor.)

Quando Yardena completar cem anos, pelos meus cálculos eu terei noventa e dois anos e três meses, e a diferença percentual entre nós vai se reduzir a menos de oito (o que não é de todo mau, em comparação com os trinta e oito desta noite). Mas de que vai servir esse intervalo decrescente para um casal de velhos decrépitos?

Apaguei esse pensamento junto com a lâmpada da escrivaninha de meu pai, rasguei as fichas com os cálculos, joguei-as na privada e dei a descarga, e já que estava por ali, resolvi escovar os dentes. Enquanto escovava, tomei a resolução de mudar. A partir deste momento eu seria um homem calado, honesto, racional e, acima de tudo, corajoso. Isto é: se por um milagre de último minuto Yardena chegar, embora já esteja quase na hora do toque de recolher, vou lhe dizer, de modo simples e até seco, que estou arrependido pelo que houve no telhado e que isso não se repetirá. Nunca mais.

Mas como fazer isso?

Ela chegou às cinco para as sete. Veio trazendo pãezinhos quentes da Padaria Engel, em cujo escritório trabalhava. Usava um vestido de verão leve e claro, estampado de flores, com ombreiras e uma fileira de grandes botões na frente, de cima a baixo: como seixos polidos de um rio que uma criança tivesse arrumado em fila. E disse:

"Ben Hur não quis vir. E não quis dizer o que houve. O que aconteceu entre vocês, Prófi? Brigaram de novo?"

Todo o sangue que tinha se escoado para o poço no chão da barriga voltou num fluxo candente até meu rosto e minhas orelhas. Até meu próprio sangue se volta contra mim e me faz passar vergonha diante de Yardena. O que pode haver de mais próximo a alguém do que seu próprio sangue? E eis que até nosso sangue nos trai.

"Não foi uma briga pessoal, foi uma dissidência."

Yardena disse:

"Ah. Uma dissidência. Prófi, você vive usando palavras assim, dessas que a gente ouve na Rádio Voz de Sião Combatente. E onde estão as suas próprias palavras? Você não tem? Nunca teve nenhuma?"

"Olhe", falei, profundamente sério.

E depois de alguns momentos repeti:

"Olhe."

"Não há tanta coisa para se olhar."

"O que eu gostaria que você soubesse, e isso se refere não apenas ao seu irmão, mas a questões de princípio..."

"O.k., ótimo. Questões de princípio. Se você quiser, mais tarde poderemos debater sobre as questões de princípio, e sobre a extensão da dissidência no movimento clandestino de vocês. Mas não agora, Prófi." (Movimento clandestino! O que ela sabe sobre nós? E quem se atreveu a lhe contar? Ou foi só um palpite?) "Mas depois. Agora estou morrendo de fome. Primeiro vamos fazer um jantar para nós, mas um jantar de arromba. Nada de salada e iogurte. Alguma coisa muito mais extravagante." Inspecionou a cozinha de cabo a rabo, fuçou armários e gavetas, as panelas, remexeu nas frigideiras e nos potes, investigou a geladeira, checou o cantinho dos temperos, examinou os dois fogareiros, pensou um pouco, soltando de vez em quando para si mesma algum *hum*, ou *ufa* ou um abafado *hã*, e ainda imersa em seus pensamentos, como um general a traçar seus planos de batalha, mandou que eu preparasse no tampo de mármore — não aí, ali — verduras, tomates, pimentões verdes, pepinos, cebolas, um monte mais ou menos desta altura. A seguir pôs a tábua de cortar na pia, pegou na gaveta o facão assassino, e ao descobrir na geladeira a panela de canja que minha mãe deixara para nós, encheu uma xícara de caldo. Cortou então o frango em pedaços, esquentando um pouco de óleo na frigideira, e passou a picar as verduras que eu tinha preparado para ela num canto da pia. Quando o óleo começou a ferver, ela dourou alguns dentes de alho e fritou os pedaços de frango dos dois lados, deixando-os corar, até que a mistura dos aromas de frango, alho e óleo fervente me encheu a boca de saliva, enviando espasmos prementes pelo palato, garganta e estômago. Yardena disse:

"Por que vocês não têm azeitonas em casa? Não essas que vêm no vidro, seu bobo, essas azeitonas naturais. Por que vocês não têm umas azeitonas bem liberais, bem decadentes, dessas que até deixam a gente um pouco embriagada? Quando você encontrar umas azeitonas assim, azeitonas de verdade, traga para mim. Pode até me acordar no meio da noite." (E encontrei. Anos depois. Mas tive vergonha de levar azeitonas para ela no meio da noite.)

Quando ela decidiu que os pedaços de frango já estavam

bem corados, tirou-os da frigideira e os arrumou numa travessa. Depois lavou e secou a frigideira e disse:

"Espere mais um pouquinho, Prófi. Ainda estamos na introdução. Enquanto isso, vá pondo a mesa para nós."

Em seguida ela devolveu a frigideira ao fogo, acrescentou mais um pouco de óleo e fritou, não o frango (que aguardava, em meio ao delicioso aroma do alho), mas a cebola picada em pedacinhos minúsculos, e enquanto a cebola se tornava dourada e escura diante dos meus olhos atentos, espalhou na frigideira os cubinhos de tomate e pimentão que já esperavam, preparados, na tábua de cortar, juntou salsinha picada, fritou tudo, e misturou, e fritou tudo mais um pouco, até que minha alma entrou numa agonia de miragens, convulsões e êxtases, antecipando as delícias trazidas por aqueles aromas, e me parecia que eu não conseguiria esperar nem mais um minuto, nem um segundo, nem um suspiro mais, mas Yardena riu e disse para eu não tocar nos pãezinhos nem em nada; é pena desperdiçar a fome, o que é que há, por que essa pressa, contenha-se, e voltou a colocar os pedaços de frango na frigideira, e os virou e revirou, deixando o óleo penetrar até os ossos, e só então regou a mistura com a xícara de caldo de galinha, e esperou tudo aquilo ferver.

Setenta e sete anos de agonia se arrastaram, lentos como a tortura, até o limite da resistência e mais além, e ainda mais além, até o desespero, e ainda mais longe, até o coração soluçar, até que finalmente o caldo começou a borbulhar e ferver, e da frigideira começaram a dardejar respingos de óleo fervente. Yardena então abaixou o fogo e temperou o conteúdo da panela com uma pitada de sal e um pouco de pimenta-do-reino moída. Depois tampou a frigideira, deixando uma pequena abertura para que os vapores e aromas pudessem escapar e vir enlouquecer todos os compartimentos do meu estômago com os espasmos e as convulsões da antecipação. Enquanto o caldo fervia, borbulhava e evaporava, ela acrescentou alguns cubinhos de batata e pedacinhos de pimenta vermelha. Esperou então impiedosamente até que todo o caldo se evaporasse, deixando apenas o molho espesso, paradisíaco, que envolvia os pedaços de frango frito, os quais pareciam ter criado asas e se transformado numa melodia celestial que arrebatava minha alma. A casa toda estava atônita com o batalhão de cheiros penetrantes que se espalhavam, vindos da cozinha, e como hordas enfurecidas invadiam todos os cantos do apartamento, que não conhecera aromas assim desde que fora construído.

Tomado pelo desejo, campeão da espera, desfalecido de fome e engolindo quantidades de saliva que brotavam de fontes caudalosas, pus a mesa para nós dois, um de frente para o outro, como minha mãe e meu pai. Meu lugar de costume decidi deixar vazio. Enquanto arrumava os garfos e as facas, vi com o canto dos olhos como Yardena fazia os pedaços de frango dançarem na frigideira, empunhando a colher de cabo comprido, para que eles não se esquecessem quem eram, e lá está ela a provar, e misturar tudo de novo, e provar, e verter mais uma ou duas colheres de molho, que agora tinha reflexos de cobre polido ou de ouro velho, e seus braços, seus ombros, seus quadris e todo o seu corpo ganhavam vida numa leve dança dentro do vestido de ombreiras protegido pelo avental da minha mãe, como se os pedaços de frango também a fizessem mexer.

Depois de nos saciarmos, ficamos sentados à mesa um de frente para o outro, comendo uvas maduras direto do cacho; em seguida devoramos metade de uma melancia e tomamos café juntos, embora eu tivesse avisado a Yardena, honesta e corajosamente, que eu não tinha permissão de tomar café, em especial à noite antes de dormir.

Yardena disse:

"Eles não estão aqui."

E disse também:

"Agora um cigarro. Só eu. Você não. E me arranja um cinzeiro." Mas não havia nenhum cinzeiro, nem poderia haver, pois era proibido fumar. Sempre. Em nenhuma circunstância. Até para as visitas era proibido. Meu pai repudiava energicamente a própria ideia de fumar, por princípio. Ele também aderia firme e claramente à opinião de que cada visitante deve observar estritamente as regras da casa, como um viajante numa terra estrangeira. Meu pai justificava essa regra com um provérbio que gostava de citar, e que fala da maneira como devemos nos comportar em Roma. (Muitos anos depois, quando visitei Roma pela primeira vez, fiquei espantado ao constatar que a cidade era cheia de fumantes. Mas quando meu pai dizia Roma, em geral estava se referindo à Roma antiga, não à Roma de hoje.)

Yardena fumou dois cigarros e tomou duas xícaras de café (ganhei apenas uma). Enquanto fumava, ela esticou as pernas e as apoiou na minha cadeira, que estava vazia esta noite. Resolvi que era meu dever levantar sem demora, guardar tudo na geladeira, tirar a mesa e lavar a louça. A única coisa que não pude fazer foi levar o lixo para fora, por causa do toque de recolher.

Quem já passou uma noite inteira em casa com uma garota, sem mais nenhuma alma viva a não ser vocês dois, enquanto lá fora há um toque de recolher, todas as ruas estão desertas e a cidade inteira trancada a sete chaves? Sabendo que ninguém neste mundo pode vir perturbá-los? E um silêncio profundo e amplo paira sobre a noite, como um manto de brumas?

Postei-me ereto diante da pia da cozinha, esfregando a frigideira com palha de aço, as costas voltadas para Yardena e minha alma o exato oposto (de costas para a pia e a frigideira, e com todo o seu ser voltado para Yardena). E de repente falei depressa, piscando os olhos depressa, como se estivesse engolindo uma pílula:

"Aliás, desculpe o que aconteceu naquele dia. No telhado. Não vai mais acontecer. Nunca mais."

Yardena disse para as minhas costas:

"Claro que vai. E como! Só que, pelo menos, tente fazer as coisas de um jeito um pouco menos burro do que daquela vez."

Uma mosca estava pousada na borda de uma xícara. Tudo o que eu queria agora era poder trocar de lugar com ela.

Depois, e ainda na cozinha (Yardena usou seu pires como cinzeiro), me pediu que explicasse, mas em poucas palavras, qual o motivo, afinal, da minha briga com seu irmão. Desculpe, briga não. Dissidência.

Meu dever era calar. Manter o manto do segredo, mesmo num interrogatório sob tortura. Eu já tinha visto em inúmeros filmes como as mulheres conseguem extrair segredos até de homens muito fortes, como Gary Cooper, por exemplo, ou mesmo Douglas Fairbanks. E na aula de Bíblia o sr. Guihón disse, traindo sua esposa: "Sansão foi destruído porque caiu nas garras de uma mulher má". A gente imagina que, depois de todos esses filmes, em que eu fervia de raiva ao ver os homens se derreterem e se porem a falar no ouvido das mulheres, revelando segredos que invariavelmente resultavam em tragédias, então comigo, decididamente, aquilo não aconteceria. Mas naquela noite eu também não fui capaz de me conter: foi como se um outro Prófi tivesse brotado de dentro de mim, esfuziante, irresponsável, expansivo e transbordante; como diz a Bíblia, foi como se, de repente, lá das profundezas jorrassem todas as fontes. E esse Prófi começou a contar tudo a ela, e eu não conseguia detê-lo, embora tentasse com todas as forças, implorando-lhe que parasse, mas ele só dava de ombros e ria de mim, dizendo que de qualquer modo Yardena já sabe, pois ela mesma disse explicitamente "o movimento clandestino de vocês", é Ben Hur o traidor, eu e você estamos livres.

E esse Prófi interno não escondeu nada de Yardena. A Resistência. A dissidência. O foguete. A gaveta de remédios de minha mãe e os slogans de meu pai sobre a Pérfida Albion. O pacote. A tentação. A sedução. Até o caso do sargento Dunlop. Será que eu estava embriagado por alguma essência ou alguma droga que Yardena usara para temperar o frango? Pelo seu molho enfeitiçado? Ou atordoado pelo seu café, forte e espesso? No filme *Pantera no porão* foi assim que eles drogaram o detetive manco. (Mas este era um personagem secundário. O próprio herói eles bem que tentaram drogar, claro, mas não conseguiram.)

E se ela for uma agente dupla? Ou quem sabe não foi enviada por Ben Hur, pela Divisão Especial de Segurança Interna e Investigações? (Ao que o Prófi interno respondeu, zombeteiro: E daí? Que segredos ainda restam para manter entre um traidor e uma traidora?)

Yardena disse:

"Legal."

E depois falou:

"O que você tem de especial é que tudo o que você conta parece que a gente está vendo com os próprios olhos."

E tocando em meu ombro esquerdo, perto do braço, acrescentou:

"Não fique triste. É só você esperar; mas espere calmamente, não vá se humilhar diante dele. Ben Hur logo vai ter que voltar para você, porque sem você, pense um pouco, em quem ele vai mandar? E ele precisa dominar alguém. Ele não consegue pegar no sono à noite sem ter mandado um pouquinho em alguém. Esse é o problema da dominação: quem começa, não consegue parar. Não se preocupe, Prófi, porque com você acho que isso não vai acontecer. Apesar de ser altamente contagioso. Além disso..."

Aqui ela se calou. Acendeu outro cigarro e sorriu, não para mim, mas talvez para si mesma, um sorriso que era como um mergulho em delícias interiores, um sorriso que não sabe que existe.

Eu me atrevi: "Além disso o quê?".

"Nada. Os movimentos clandestinos e tudo o mais. Sobre o que nós estávamos falando, mesmo? Não era sobre movimentos clandestinos?"

A resposta certa era "não", pois antes da interrupção para o cigarro estávamos conversando sobre o impulso dominador. Mesmo assim, falei:

"Sim. A Resistência."

Yardena disse:

"A Resistência. Esqueça isso. Seria melhor você continuar espiando, só que de algum jeito mais inteligente do que daquela vez. E melhor ainda, Prófi, em vez de espiar você devia aprender a pedir. Quem sabe pedir, não precisa espiar escondido. O problema é que, exceto nos filmes, não há quase ninguém que saiba como pedir. Ou pelo menos assim são as coisas neste país. Em vez de pedir, eles ficam de quatro e te imploram, ou então fazem pressão, ou tentam te enganar. E isso sem nem mencionar os tipos vulgares que andam por aí apalpando, que aqui são quase a maioria. Você talvez consiga. Algum dia. Isto é, talvez algum dia você aprenda a pedir. E apesar de todas essas histórias de moças e rapazes, de paixões que enlouquecem e até matam, na verdade matam muito menos do que a Resistência e todos os movimentos clandestinos de libertação e redenção. Não acredite no que você vê nos filmes. Na vida real a maioria das pessoas está sempre pedindo todo tipo de coisa, mas não pedem da maneira certa. Daí eles param de pedir e ficam apenas ofendendo e sendo ofendidos. E depois vão se acostumando, e quando já estão bem acostumados, não há mais tempo. A vida acabou."

"Quer que eu traga uma almofada?", perguntei. "Minha

mãe gosta de ficar sentada à noite na cozinha com uma almofada nas costas."

Quase vinte anos, e ainda tinha o hábito infantil de ajeitar a barra do vestido, como se o joelho fosse um bebê que se descobriu e ela tivesse que cobri-lo e recobri-lo, mas bem na medida — não tão pouco que ele sinta frio, nem tanto que lhe falte o ar.

"Meu irmão", disse ela, "seu amigo, nunca vai ter um amigo. E claro que amiga também não. Só súditos, isso sim. E mulheres. Mulheres ele vai ter bastante, porque o mundo está cheio de pobres coitadas que rastejam aos pés dos tiranos. Porém, uma companheira ele não terá. Arranja um copo d'água para mim, Prófi? Não da torneira, da geladeira. Na verdade, não estou com sede. Você, sim, vai ter amigas. E vou te dizer por quê. É porque você, quando te dão alguma coisa, mesmo que seja um pãozinho, ou um guardanapo, ou uma colherzinha de chá, você reage como se tivesse recebido um presente maravilhoso, como se tivesse acontecido um milagre."

Eu não concordava com ela em todos os detalhes, mas resolvi não discutir. Exceto sobre um ponto já passado na conversa, um ponto que eu não podia, de jeito nenhum, deixar passar em silêncio:

"Mas, Yardena, aquilo que você falou sobre a Resistência... sem a Resistência os ingleses jamais vão nos dar esta terra. Nós somos a geração combatente."

Ela explodiu de repente numa risada escancarada, uma risada aberta, musical, uma risada que é só das garotas que gostam de ser garotas. E tentou enxotar a fumaça do cigarro com a mão, como se fosse uma mosca e não fumaça de cigarro:

"Caramba! Lá vem de novo a Voz do Sião Combatente. Vocês nem são da Resistência, você, Ben Hur e o terceiro, como é o nome dele, o macaquinho. Resistência é uma coisa completamente diferente. É uma coisa assustadora. Terrível. Mesmo quando não há alternativa e você tem que lutar, um movimento clandestino é uma coisa mortal. E além disso, daqui a pouco esses ingleses vão fazer as malas e cair fora. Só espero que não haja motivos para lamúrias, e lamúrias amargas, depois que ficarmos aqui sem eles."

Essas palavras me pareceram perigosas e irresponsáveis. Pareciam, de certa forma, as observações do sargento Dunlop de que os árabes eram o lado fraco e que logo mais eles se tornariam os novos judeus. Qual a conexão entre as palavras de Yardena e a opinião dele sobre os árabes? Não há conexão. E, contudo, há uma conexão. E fiquei furioso comigo mesmo por não ser capaz de decifrar qual era a conexão, e com Yardena por dizer coisas que não devem ser ditas. E quem sabe não era meu dever contar sobre essas ideias para algum adulto responsável? Meu pai, talvez? Dar um alerta, para que as pessoas cujo dever é estar a par dessas coisas ficassem cientes de que Yardena era um pouco frívola?

Mesmo que decidisse relatar o que ela dissera, eu não deveria despertar suas suspeitas.

Falei:

"Tenho uma opinião diferente. Devemos expulsar os britânicos à força."

"Devemos", disse Yardena, "mas não esta noite. Veja que horas são, quase quinze para as onze, e me diga, você dorme bem?"

Estranha, e mesmo um pouco suspeita, me pareceu essa pergunta. Respondi, cauteloso:

"Sim. Não. Depende."

"Bem, esta noite é bom que você caia num sono bem profundo. E se por acaso acordar, pode acender a luz e ler até de manhã, não me importo. Mas não se atreva a sair do seu quarto, porque ao soar da meia-noite, se for uma noite de lua, eu me transformo numa loba, ou mais exatamente numa vampira, e já despachei uns cem garotos iguais a você. Portanto, aconteça o que acontecer, você não vai abrir nenhuma porta esta noite. Prometa."

Prometi. Dei minha palavra de honra. Mas as suspeitas aumentaram. Resolvi que deveria tentar não adormecer. E achei que isso certamente não seria difícil, por causa do café que eu tinha tomado, e do cheiro de cigarro por toda a casa, e pelo que Yardena dissera sobre meu lado forte e outras coisas estranhas.

No corredor, depois que me lavei e antes de dar boa-noite, ela estendeu a mão e tocou de repente em minha cabeça. A mão dela não era nem macia nem dura, muito diferente da mão da minha mãe. Ela ficou despenteando meu cabelo por um momento e disse: "Escute com muita atenção, Prófi. Esse sargento sobre quem você me falou. Parece ser uma pessoa muito legal, talvez até goste de crianças, mas não acho que você esteja correndo perigo, porque ele é um homem inibido. Pelo menos é assim que ele me parece pela sua descrição. E por falar nisso, já que todos te chamam de Prófi, que vem de *professor*, quem sabe você não começa a ser um professor, em vez de ser um general-espião? Metade das pessoas no mundo são generais. Mas você não. Você é o garoto das palavras. Boa noite. E deixa eu te dizer o que mais me encantou em você: foi que você lavou a louça toda sem que eu pedisse. Ben Hur só lava a louça se for subornado".

21.

Mas por que naquela noite tranquei a porta do meu quarto por dentro? Agora, mais de quarenta anos depois, ainda não sei. E talvez saiba até menos hoje do que naquela noite. (Há todo tipo de jeitos e graus de não saber: como uma janela, que pode não só estar aberta ou fechada, mas entreaberta, aberta só de um lado, ou só com uma fresta aberta, ou pode estar protegida por uma veneziana externa e uma cortina grossa, ou até mesmo travada com pregos.)

Tranquei a porta e tirei a roupa com a firme resolução de não pensar nem o mais leve pensamento sobre Yardena do outro lado da parede, que poderia estar tirando a roupa naquele mesmo momento, como eu, desabotoando um botão redondo e liso depois de outro botão redondo e liso, da fileira de botões na frente do seu leve vestido de verão com ombreiras, e decidi simplesmente não pensar naqueles botões, nem nos de cima, junto ao pescoço, nem nos de baixo, próximo aos joelhos.

Acendi minha lâmpada de cabeceira e comecei a olhar para um livro, mas estava um pouco difícil me concentrar. ("Em vez de espiar, é só pedir." O que ela quis dizer com isso? E: "Você é o garoto das palavras". Mas como assim? Será que ela não tinha percebido que eu era uma pantera no porão?)

Larguei o livro e apaguei a luz, pois já era quase meia-noite, mas em vez do sono me vieram pensamentos, e para espantá-los voltei a acender a luz e a pegar o livro. Não adiantou.

Aquela noite foi profunda e ampla. Nem uma cigarra perturbou o toque de recolher. Não se ouviu nem um tiro. Aos poucos os submarinos do livro se transformaram em submarinos de brumas, navegando lentos entre camadas de névoa. O mar era macio e cálido. Depois eu era um garoto das montanhas construindo uma cabana feita de pedaços de neblina, e de repente veio do canto da cabana um ruído como de algo roendo, como uma serra, como se uma baleia encalhada no mar raso estivesse se coçando no seu leito de areia. Tentei silenciar essa fricção e acordei ouvindo um *shshsh*, e ao abrir os olhos descobri que tinha adormecido com a luz acesa, e que aquele *shshsh* vindo do sonho ainda não havia terminado.

Num relance sentei na cama, alerta e desconfiado como um ladrão. Nem coceira, nem baleia, e sim o raspar noturno que eu havia esperado o verão inteiro. Um raspar muito leve, mas premente, persistente. E vem da entrada. Da porta. Da nossa porta. E é um combatente clandestino ferido, talvez sangrando. Devemos tratar do seu ferimento e deitá-lo na cozinha, no colchão de reserva, e pouco antes do dia clarear ele deve seguir caminho. E meu pai? Minha mãe? Estarão dormindo? Não ouvem esse raspar urgente na porta? Acordá-los? Ou abrir eu mesmo? Não estão. Viajaram. Yardena está, e eu lhe prometi, com minha palavra de honra, não sair do quarto. E lembrei que certa vez, quando eu tinha quase dez anos, ela limpou um machucado meu e fez um curativo, e lamentei que meu outro joelho não estivesse ferido também.

Vieram passos, correndo descalços pelo corredor. O som da trava se abrindo e da chave virando na fechadura. Cochichos. E mais passos. Uma conversa rápida em voz baixa, agora vinda da cozinha. O riscar de um fósforo na caixa. Um jato rápido de água da torneira. E mais sons abafados que não era fácil identificar lá de onde eu estava, na minha cama. Depois novamente se fez um silêncio total. De veludo. Foi tudo um sonho? Ou, pelo contrário, talvez fosse meu dever levantar, quebrar a promessa e ir verificar o que estava acontecendo?

Silêncio.

Passos de neblina.

E de repente ruge a descarga do banheiro. E o murmúrio da água correndo pelos canos na parede. E mais vozes abafadas e pés descalços passando pela porta do meu quarto, e era decididamente Yardena sussurrando para o seu ferido, espere um pouquinho, fique quieto, espere. Depois o som de algo raspando o chão no quarto dos meus pais, do outro lado da parede: um móvel sendo arrastado? Uma gaveta? E de repente o som de um riso abafado, e talvez de soluços, como se fosse debaixo da água.

Quando eu for um combatente clandestino ferido, fugindo dos meus perseguidores, será que também terei forças na alma para rir, como este, enquanto alguém limpa seu ferimento e nele aplica líquidos que queimam e ardem, apertando-o firmemente com uma bandagem?

Desconfio que não. E enquanto eu desconfiava, o riso do outro lado da parede se transformou num gemido, e momentos depois Yardena também de repente gemia. Depois mais sons, mais sussurros, e depois silêncio. E depois de muita escuridão, começaram tiros à distância. Tiros solitários, esparsos, como se eles também estivessem cansados. Talvez eu tenha adormecido.

22.

Pois a essência da traição não consiste em o traidor levantar de repente e deixar o fechado círculo dos devotos e fiéis. Só o traidor superficial faz isso. O traidor real, profundo, é aquele que está bem lá dentro. Dentro do coração do coração: aquele que mais se parece e mais pertence, o que está mais envolvido. Aquele que é mais como os outros, até mais ainda do que os outros. Aquele que realmente ama àqueles que trai, pois se não amar, como vai trair? (E reconheço que esse é um assunto complicado, que pertence a outra história. Uma pessoa realmente organizada apagaria agora estas linhas, ou as transferiria para uma história adequada. Mesmo assim, não vou apagá-las. Quem quiser pode pular este trecho.)

Aquele verão terminou. No início de setembro passamos para a sétima série. Foi o início da fase dos barris vazios de óleo com que tentávamos construir um submarino subcontinental capaz de movimentar-se livremente nas profundezas do mar de lava incandescente que há sob a crosta da terra, de onde poderia desfechar ataques de surpresa e arrasar cidades inteiras a partir de baixo, sob as suas fundações. Ben Hur foi nomeado comandante do submarino e, como de costume, eu era o seu lugar-tenente, inventor e planejador-chefe, e também o responsável pela navegação. Tchita Reznik, como oficial de armamento e munição, juntou dezenas de metros de fios elétricos usados, além de bobinas, baterias, condensadores, interruptores e fita isolante. Nosso plano era zarpar no nosso submarino e navegar até um ponto que fica precisamente debaixo do palácio real em Londres, capital da Grã-Bretanha. Tchita tinha ainda um objetivo particular, que consistia em capturar, com o auxílio do submarino, e depois abandonar numa ilha deserta os seus dois pais, que passavam duas ou três semanas com sua mãe alternadamente, um chegava, o outro desaparecia. Ele amava e respeitava sua mãe, e queria que ela tivesse um pouco de paz e sossego, pois na juventude fora uma famosa cantora de ópera em Budapeste e agora sofria de ataques de melancolia. (Alguém escreveu com tinta vermelha na parede deles: "Tchita, cala a boca, tua mãe saiu ganhando, uma vez ela tem teu pai, outra vez tem teu pai também". Tchita raspou as palavras com um prego, esfregou sabão, passou tinta por cima, inutilmente.) Nas aulas de Bíblia, o sr. Zerubavel Guihón nos ensinou como os ferozes babilônios conquistaram Jerusalém e o nosso Templo, e barbaramente os arrasaram até o chão. Como de costume, traiu sua mulher e fez uma brincadeira na sala: Se a sra. Guihón tivesse vivido em Jerusalém naquela época, os babilônios teriam fugido esbaforidos. Aproveitou a oportunidade para explicar a palavra *esbaforidos*.

Minha mãe disse:

"Temos uma garotinha órfã lá na instituição, a Henrieta. Deve ter uns cinco ou seis anos. Bem sardenta. De repente ela começou a me chamar de mãe, não em hebraico, mas em iídiche, *mame*. Diz para todo mundo que eu sou a verdadeira mãe dela, e eu não sei o que fazer. Será que devo dizer a ela que não sou a mãe dela, que a mãe dela morreu... mas como posso matar a mãe dela de novo?... Ou não reagir, esperar que isso passe? Mas e o ciúme das outras crianças?"

Meu pai disse:

"É difícil. Do ponto de vista moral. De qualquer maneira vai haver sofrimento. E pense no meu livro: quem vai ler? Já estão todos mortos."

Não encontrei o sargento Dunlop no Café Orient Palace. Depois das festas de setembro procurei-o novamente, três vezes. Não o encontrei. Nem mesmo quando chegou o outono e nuvens baixas envolveram Jerusalém, para nos lembrar que nem tudo no mundo é verão e submarinos e Resistência clandestina.

Pensei: quem sabe se por intermédio de uma complexa rede de informantes e agentes duplos ele não descobriu que eu o estava traindo. Que contei sobre ele para Yardena e ela contou ao seu combatente ferido aquela noite, e ele logo avisou a Resistência, que talvez já o tenha até sequestrado. Ou o oposto: a polícia secreta britânica estava acompanhando nossos encontros, e o sargento Dunlop foi preso e acusado de traição, e, quem sabe, por minha causa, não foi removido para sempre da sua amada Jerusalém e banido para algum posto longínquo do Império britânico, para a Nova Caledônia, a Nova Guiné, ou talvez Uganda ou Tanganica?

O que me restava? Apenas uma pequena Bíblia em hebraico e inglês, que ele me deu de presente e que guardo até hoje: uma Bíblia que eu estava terminantemente proibido de levar à escola, já que incluía o Novo Testamento, que o sr. Guihón disse que era um livro contra o nosso povo (mas eu o li e encontrei, entre outras coisas, a história de Judas, o traidor).

E por que não escrevi uma carta ao sargento Dunlop? Em primeiro lugar, ele não me deu endereço algum. Em segundo, eu temia que receber uma carta minha poderia piorar ainda mais a situação dele, e agravar suas condenações. E terceiro, o que eu teria a lhe dizer?

E ele? Por que ele não me escreveu? Porque não podia. Afinal, nem mesmo meu nome eu concordara em lhe revelar. ("Sou Prófi", falei, "um judeu da Terra de Israel." É um endereço muito insuficiente do ponto de vista postal.)

Onde neste mundo está você, Stephen Dunlop, meu tímido inimigo? Onde quer que esteja, em Zanzibar ou Cingapura, será que você encontrou outro amigo em meu lugar? Não um amigo — um professor e um aluno. Mesmo essa não é a definição certa. Qual é, então? O que havia entre nós? Até hoje não posso explicar para mim mesmo o que era. E das lições de casa que eu lhe dava para fazer, o que será que você lembra até hoje?

Falo como consigo falar.

Tenho um ou dois conhecidos na Inglaterra, na cidade de Canterbury. Há dez anos lhes escrevi perguntando se podiam descobrir alguma coisa sobre ele.

Nada feito.

Um dia desses farei a mala, uma mala pequena, e irei eu mesmo até Canterbury. Vou procurar em velhas listas telefônicas. Vou perguntar nas igrejas. Vou pesquisar no arquivo municipal. Policial número 4479. Stephen Dunlop, asmático, adorava um bom mexerico. Um Golias feito de algodão cor-de-rosa. Inimigo solitário e gentil. Acredita em profecias. Acredita em sinais e em milagres. Se, por algum milagre, Stephen, este livro encontrar seu caminho até suas mãos, por favor, me escreva algumas palavras. Pelo menos mande um cartão-postal colorido. Duas ou três linhas, em hebraico ou em inglês, como você preferir.

23.

No mês de setembro houve mais buscas. Houve prisões e toque de recolher. Na casa de Tchita encontraram uma alça de granada de mão, e um dos seus dois pais foi levado para interrogatório no Serviço de Segurança (o outro apareceu na mesma noite). O professor Zerubavel Guihón mais uma vez invectivou contra os babilônios na nossa classe, e também expressou sua dúvida quanto ao profeta Jeremias — se de fato ele falou como convinha a um profeta em dias de guerra e cerco na cidade. Na opinião do sr. Guihón, quando o inimigo está às portas o dever de um profeta é levantar o moral do povo, cerrar fileiras, e despejar sua ira para fora, sobre a cabeça dos inimigos que nos sitiam, e não para dentro, sobre a cabeça dos seus próprios irmãos. Acima de tudo, um profeta digno desse nome não deve insultar a família real e os heróis nacionais. Contudo, o profeta Jeremias foi um homem amargurado, que devemos tentar compreender e perdoar.

Durante algumas semanas minha mãe abrigou em nossa casa dois meninos órfãos, imigrantes clandestinos. Seus nomes eram Hirsch e Oleg, porém meu pai determinou que daquela ocasião em diante seriam Tzvi e Eyal. Pusemos o colchão de reserva para eles no chão do meu quarto. Tinham oito ou nove anos de idade; eles mesmos não sabiam. E, por engano, nós achamos que fossem irmãos, porque tinham o mesmo sobrenome, Brinn (que meu pai também transformou em hebraico, mudando-o para Bar-On). Mas acabamos descobrindo que não eram irmãos, nem mesmo parentes; na verdade eram inimigos. No entanto, seu ódio corria surdo, em silêncio, sem violência e quase sem palavras: de hebraico não sabiam nada, e mesmo em outra língua falavam muito pouco. Apesar do ódio que tinham um do outro, à noite adormeciam no colchão aninhados como um par de cachorrinhos. Tentei lhes ensinar hebraico e aprender com eles algo que eu não sabia bem o que seria, e que até hoje não consigo explicar, mas sabia que era algo que aqueles dois órfãos sabiam mil vezes melhor do que eu, e melhor do que a maioria dos adultos. Depois das grandes festas de setembro os dois foram levados de caminhonete para uma colônia da juventude pioneira. Meu pai lhes deu nossa velha mala e minha mãe a encheu de roupas que estavam pequenas para mim, pediu a eles que as dividissem sem brigar, e alisou as duas cabeças, raspadas por medo dos piolhos. Quando estavam sentados juntinhos num canto da traseira da caminhonete, meu pai lhes disse:

"Começa uma nova página na vida de vocês."

E minha mãe disse:

"Venham nos visitar. Sempre podemos estender o colchão."

Sim, contei aos meus pais sobre Yardena. Tive que falar. Isto é, sobre a noite em que eles foram à comemoração em Tel Aviv e ela dormiu no quarto deles, e depois da meia-noite surgiu um ferido de quem Yardena tratou, e antes do raiar do dia ele escapuliu e desapareceu. Eu ouvi tudo mas não vi nada.

Meu pai disse, como nos versos de Rachel:

"Oh, meu Kineret, exististe mesmo, ou foste apenas um sonho que sonhei?"

Respondi zangado:

"Não sonhei nada disso. Aconteceu mesmo. Veio um ferido para cá. E é pena que já contei a vocês, pois vocês só sabem rir e caçoar."

Minha mãe disse:

"O menino está falando a verdade."

E meu pai:

"Se é assim, precisamos ter uma conversa séria com essa jovem."

Minha mãe disse:

"Não é da nossa conta."

E meu pai:

"Mas, decididamente, houve uma quebra de confiança por parte dela."

Minha mãe:

"Yardena não é mais criança."

E meu pai:

"Não, mas o menino ainda é criança. E ainda por cima na nossa cama, e sabe-se lá com que visita relâmpago? Bem, de qualquer forma, oportunamente vamos continuar a esclarecer esse caso, só eu e você. Em relação à Sua Alteza", continuou, "queira sair voando para o seu quarto e fazer sua lição de casa." (O que era injusto, pois meu pai sabia muito bem que eu sempre fazia a lição assim que voltava da escola, primeira coisa, às vezes até mesmo antes do almoço que eles deixavam para mim na geladeira.) Mas fiz por merecer essa injustiça, pois talvez eu não devesse lhes contar sobre Yardena e o ferido. Por outro lado, como eu poderia não lhes contar? Não era esse o meu dever? E em terceiro lugar. E em quarto. Tudo o que descobri e não devia ter descoberto, e tudo o que eu devia ter descoberto mas não descobri. E assim fui para o meu quarto, e também desta vez tranquei a porta por dentro e me recusei a abrir e quase não lhes respondi até a manhã seguinte. Mesmo quando me chamaram. Mesmo quando me ameaçaram com castigos. Mesmo quando se assustaram de verdade (e tive um pouquinho de pena deles, mas não demonstrei). Mesmo quando meu pai disse para minha mãe, do outro lado da porta, levantando a voz de propósito:

"Não faz mal, não é o fim do mundo. Não vai prejudicar a ele em nada ficar no escuro fazendo um exame de consciência." (Nisso ele tinha razão.)

Aquela noite, sozinho no meu quarto, com fome, mas orgulhoso e ressentido, pensei alguma coisa assim: com certeza há outros mistérios no mundo além da libertação da pátria, da Resistência e dos ingleses. Hirsch e Oleg, que foram levados embora daqui numa caminhonete para começar uma vida de pioneiros, será que eram de fato irmãos que fingiam, por algum motivo, serem estranhos e inimigos? Ou, pelo contrário, seriam estranhos que às vezes se fantasiavam de irmãos? É preciso observar e calar. Em todas as coisas existe uma sombra. Talvez até a própria sombra tenha uma sombra.

24.

Menos de um ano depois daquele verão, os ingleses deixaram nossa terra. Foi fundado o Estado Judeu, e na mesma noite em que foi criado, foi atacado por exércitos árabes invasores vindos de todas as direções, porém lutou e venceu, e desde então já voltou a vencer repetidas vezes. Minha mãe, que estudara enfermagem no Hospital Hadassa, atendia os feridos na enfermaria de campanha montada na banca de jornal Shibolet. À noite era recrutada para informar as famílias dos que tinham sido mortos, junto com a dra. Magda Gryfius. Entre mortos e feridos ela continuava trabalhando na sua instituição, cuidando dos seus órfãos. Lá ela dormia, duas ou três horas por noite, no depósito, numa cama de campanha. Para casa quase nunca vinha. Nos meses de guerra minha mãe começou a fumar, e desde então passou a fumar com uma expressão amarga, como se os cigarros lhe causassem uma profunda repulsa. Meu pai continuava a compor slogans, e agora também redigia a ordem do dia para as unidades combatentes; fez também um curso rápido sobre operação de morteiros: inclinava os óculos, levantando um pouco as hastes, e assim, com as lentes voltadas para baixo, grave, racional e responsável, ele desmontava, lubrificava e tornava a montar um morteiro de fabricação caseira, concentrando-se em cada parafuso com toda a sua lógica, como se estivesse acrescentando uma nota de rodapé particularmente significativa à sua pesquisa. E eu, Ben Hur e Tchita enchemos centenas de sacos de areia, ajudamos a cavar trincheiras e levamos muitas mensagens, correndo abaixados, de uma posição para a outra, nos dias em que Jerusalém estava sitiada e sofria pesados bombardeios de artilharia da Legião Árabe, vinda do reino da Transjordânia. Uma das granadas arrancou metade de uma oliveira e decapitou o mais jovem dos irmãos Sinopsky no momento em que ambos estavam sentados à sombra da árvore, comendo sardinhas. Depois da guerra o irmão mais velho se mudou para Afula, e o armazém passou para os dois pais de Tchita que o compraram em sociedade.

Lembro-me daquela noite no final de novembro quando o rádio anunciou que a Organização das Nações Unidas, na América, num lugar chamado Lake Success, decidira nos deixar fundar um Estado nacional judaico, embora fosse um país muito pequeno e dividido em três blocos. À uma hora da manhã meu pai voltou da casa do dr. Buster, onde todos estavam reunidos para ouvir no rádio o resultado da votação da ONU, e ele se inclinou e me afagou o rosto com sua mão cálida:

"Levante-se. Acorde. Não durma."

Com essas palavras ele levantou meu cobertor e deitou-se na cama ao meu lado, vestido (ele, que sempre insistia que era estritamente proibido nesta casa deitar-se na cama com as roupas usadas durante o dia). Ficou deitado em silêncio por alguns minutos, sempre alisando minha cabeça, e eu mal me atrevia a respirar, e de repente começou a falar sobre coisas que nunca antes tinham sido mencionadas na nossa casa, porque eram proibidas, coisas que eu sempre soubera que não se devem perguntar e pronto. Não se devia perguntar a ele nem à minha mãe, e de modo geral havia muitos assuntos sobre os quais quanto menos se falasse, melhor, e ponto final. Começou a contar, numa voz de escuridão, como eram as coisas quando ele e minha mãe eram pequenos e moravam em casas vizinhas numa cidadezinha da Polônia. Como os maltratavam os brutamontes que moravam nos fundos. Como batiam neles cruelmente porque os judeus eram todos ricos, astutos e ociosos. E como certa vez eles lhe tiraram toda a roupa à força em plena sala de aula, no ginásio, e o deixaram nu, diante das meninas, diante da minha mãe, para caçoar da sua circuncisão. E seu pai, isto é, meu avô, um dos meus quatro avós que Hitler mais tarde iria assassinar, foi à escola de terno e gravata de seda para queixar-se ao diretor, mas na saída os brutamontes o agarraram e também tiraram a roupa dele à força, na sala, diante das meninas. E ainda numa voz de escuridão, assim me falou meu pai:

"Mas de agora em diante haverá um Estado Judeu." E de repente ele me abraçou, não com delicadeza, mas quase com violência. No escuro minha mão encostou na sua testa alta, e no lugar dos óculos, meus dedos encontraram lágrimas. Nunca vi meu pai chorar, nem antes daquela noite nem depois. Na verdade, nem daquela vez eu vi: foi minha mão esquerda quem viu.

25.

Assim é a nossa história: vem da escuridão, faz alguns rodeios e volta para a escuridão. Deixa atrás de si uma lembrança em que se misturam a dor e algum riso, o arrependimento, o espanto. A carroça de querosene passava todas as manhãs, o vendedor sentado na boleia com as rédeas frouxas nas mãos, tocando sua sineta e cantando uma longa e arrastada melodia em iídiche para seu velho cavalo. O garoto que ajudava no armazém dos irmãos Sinopsky tinha um gato muito estranho que o seguia por todo lugar e não o perdia de vista. O sr. Lázarus, o alfaiate de Berlim, sempre piscando, sacudia a cabeça sem acreditar no que seus olhos viam: onde já se viu um gato fiel? Talvez seja um *Geist*, um espírito. A dra. Magda Gryfius, que era solteira, apaixonou-se por um poeta armênio e o seguiu até a cidade de Famagusta, em Chipre. Alguns anos depois voltou, trazendo consigo uma flauta transversa que se chamava *flûte*, e às vezes eu acordava à noite e a ouvia, e uma espécie de sussurro interior dizia para mim: Não se esqueça disso nunca, pois esse é o cerne da questão, tudo o mais é sombra.

E o que é o oposto daquilo que realmente aconteceu?

Minha mãe costumava dizer: "O oposto do que aconteceu é aquilo que não aconteceu".

E meu pai: "O oposto do que aconteceu é o que ainda vai acontecer".

Certa vez, quando nos encontramos por acaso num restaurantezinho especializado em peixes, em Tiberíades, às margens do lago Kineret, catorze anos depois, perguntei a Yardena. Em vez de me responder, ela explodiu num riso-luz, aquela risada que é só das garotas que gostam de ser garotas, e que sabem muito bem o que é possível e o que está fadado a não ser. Acendendo um cigarro, ela respondeu: "O oposto do que aconteceu é o que poderia ter acontecido, se não fossem as mentiras e o medo".

Essas suas palavras me levaram de volta ao fim daquele verão, ao som do seu clarinete, aos dois pais de Tchita, que continuaram morando lá, ambos, mesmo depois que a mãe dele morreu, ao sr. Lázarus, que criava galinhas na laje e alguns anos depois resolveu casar de novo, e fez para si um terno de três peças azul-marinho, e convidou todos nós para uma refeição vegetariana, mas naquela noite, depois do casamento e da recepção na laje do teto, levantou-se de repente e saltou no espaço, e ao policial 4479, e à pantera no porão, a Ben Hur e o míssil que não lançamos para Londres, e também à veneziana azul que talvez até hoje continue flutuando na correnteza do riacho, dando voltas e mais voltas na sua intrincada viagem, sempre voltando para o moinho. Qual é a conexão? É difícil dizer. E o que dizer do relato em si? Será que por ter contado a história traí mais uma vez a eles todos? Ou pelo contrário: não contar seria traí-los?

1994-5

1ª EDIÇÃO [1999] 2 reimpressões

2ª EDIÇÃO [2019]

ESTA OBRA FOI COMPOSTA PELA VERBA EDITORIAL EM ELECTRA E IMPRESSA
EM OFSETE PELA GEOGRÁFICA SOBRE PAPEL PÓLEN SOFT DA SUZANO PAPEL
E CELULOSE PARA A EDITORA SCHWARCZ EM MARÇO DE 2019

A marca FSC® é a garantia de que a madeira utilizada na fabricação do papel deste livro provém de florestas que foram gerenciadas de maneira ambientalmente correta, socialmente justa e economicamente viável, além de outras fontes de origem controlada.